U0928081

时间将怎样对待你我？这就要看我们自己是以什么态度来期许我们自己了。

你听，雨落得这样温柔，这不是你所盼的雨吗?

原来，没有谁可以彻骨认识谁，原来，我也只是如此无知无识。

生命如雨，看似美丽，但更多的时候，你得忍受那些寒冷和潮湿，那些无奈与寂寥，并且以晴日的幻想来度日。

原来，世事是可以在一回首之间成风、成烟的，原来一切都可以在笑谈间做梦痕看的。那么，这世间还有什么不能宽心、不能释怀的呢？

天地也无非是风雨中的一座驿亭，人生也无非是种种羁心绊意的事和情，能题诗在壁总是好的！

雨天的书

张晓风 著

九州出版社
JIUZHOUPRESS

图书在版编目（CIP）数据

雨天的书 / 张晓风著. —北京：九州出版社，2016.9
ISBN 978-7-5108-4749-3

Ⅰ.①雨… Ⅱ.①张… Ⅲ.①散文集－中国－当代 Ⅳ.①I267

中国版本图书馆CIP数据核字（2016）第235293号

版权登记号：01-2016-8492

雨天的书

作　　者	张晓风　著
出版发行	九州出版社
地　　址	北京市西城区阜外大街甲35号（100037）
发行电话	(010)68992190/3/5/6
网　　址	www.jiuzhoupress.com
电子信箱	jiuzhou@jiuzhoupress.com
印　　刷	北京鹏润伟业印刷有限公司
开　　本	880毫米×1230毫米　32开
印　　张	8.5　　彩插　16P
字　　数	182千字
版　　次	2016年12月第1版
印　　次	2016年12月第1次印刷
书　　号	ISBN 978-7-5108-4749-3
定　　价	39.80元

Yu tian
de shu
雨 天 的 书

目录

第一章 雨天的书

第二章　种种有情

第三章　想你的时候

第四章　生命，以什么单位计量

第一章　雨天的书

在人世间，我们也曾经看过天真的少年一旦开始堕落，便不免愈陷愈深，终于变得满脸风尘、面目可憎。但是相反的，时间却把温和的笑痕、体谅的眼神、成熟的风采、智慧的神韵添加在那些追寻善良的人身上。

时　间

一锅米饭，放到第二天，水汽就会干了一些，放到第三天，味道恐怕就有问题，第四天，我们几乎可以发现，它已经变坏了，再放下去，眼看就要发霉了。

是什么原因使那锅米饭变馊、变坏——是时间。

可是，在浙江绍兴，年轻的父母生下女儿，他们就在地窖里埋下一坛坛米做的酒。十七八年以后，女儿长大了，这些酒就成为嫁女儿婚礼上的佳酿，它有一个美丽而惹人遐思的名字，叫“女儿红”。

是什么使那些平凡的米变成芬芳甘醇的酒——也是时间。

到底，时间是善良的还是邪恶的魔术师呢？不是，时间只是一种简单的乘法，另把原来的数值倍增而已。开始变坏的米饭，每一天都不断变得更腐臭。而开始变醇的美酒，每一分钟，都在继续增加它的芬芳。

在人世间，我们也曾经看过天真的少年一旦开始堕落，便不免愈陷愈深，终于变得满脸风尘、面目可憎。但是相反的，时间却把温和的笑痕、体谅的眼神、成熟的风采、智慧的神韵添加在那些追寻善良的人身上。

同样是煮熟的米，坏饭与美酒的差别在哪里呢？就在那一点点酒曲。

同样是父母所生，谁堕落如禽兽，而谁又能提升成完美的人呢？是内心深处紧紧环抱不放的求真、求善、求美的渴望。

时间将怎样对待你我？这就要看我们自己是以什么态度来期许我们自己了。

雨天的书

一

我不知道，天为什么无端落起雨来了。薄薄的水雾把山和树隔到更远的地方去，我的窗外遂只剩下一片辽阔的空茫了。

想你那里必是很冷了吧？另芳。青色的屋顶上滚动着水珠子，滴沥的声音单调而沉闷，你会不会觉得很寂寥呢？

你的信仍放在我的梳妆台上，折得方方正正的，依然是当日的手痕。我以前没见过你；以后也找不着你，我所能持有的，也不过就是这一片模模糊糊的痕迹罢了。另芳，而你呢？你没有我的只字片语，等到我提起笔，却又没有人能为我传递了。

冬天里，南馨拿着你的信来。细细斜斜的笔迹，优雅温婉的话语。我很高兴看你的信，我把它和另外一些信件并放着。它们总是给我鼓励和自信，让我知道，当我在灯下执笔的时候，实际并不孤独。

另芳，我没有及时回你的信，人大了，忙的事也就多了。后悔有什么用呢？早知道你是在病榻上写那封信，我就去和你谈谈，陪你出去散散步，一同看看黄昏时候的落霞。但我又怎么想象得到呢？十七岁，怎么能和死亡联想在一起呢？死亡，那样冰冷阴森的字眼，无论如何也不该和你发生关系的。这出戏结束得太早，迟到的观众只好望着合拢的黑绒幕黯然了。

雨仍在落着，频频叩打我的玻璃窗。雨水把世界布置得幽冥昏暗，我不由幻想你打着一把小伞，从芳草没胫的小路上走来，走过生，走过死，走过永恒。

那时候，放了寒假。另芳，我心里其实一直是惦着你的。只是找不着南馨，没有可以传信的人。等开了学，我找着了南馨，一问及你，她就哭了。另芳，我从来没有这样恨自己。另芳，如今我向哪一条街寄信给你呢？有谁知道你的新地址呢？

南馨寄来你留给她的最后的字条，捧着它使我泫然。另芳，我算什么呢？我和你一样，是被送来这世界观光的客人。我带着惊奇和喜悦看青山和绿水，看生命和知识。另芳，我有什么特别值得一顾的呢？只是我看这些东西的时候比别人多了一份冲动，便不由得把它记录下来了。我究竟有什么值得结识的呢？那些美得叫人痴狂的东西没有一样是我创造的，也没有一件是我经营的，而我那些仅有的记录，也是支离破碎，几乎完全走样的。另芳，聪慧如你，为什么念念要得到我的信呢？

“她死的时候没有遗憾，”南馨说，“除了想你的信。你能写一封信给她吗？我要烧给她——我是信耶稣的，我想耶稣一定会拿给她的。”

她是那样天真，我是要写给你的，我一直想着要写的，我把我的信交给她，但是，我想你已经不需要它了。你此刻在做什么呢？正在和鼓翼的小天使嬉戏吧？或是拿软软的白云捏人像吧？（你可曾塑过我？）再不然就一定是在茂美的林园里倾听金琴的轻拨了。

另芳，想象中，你是一个纤柔多愁的影子，皮肤是细致的浅黄，眉很浓，眼很深，嘴唇很薄（但不爱说话），是吗？常常穿着淡蓝色的衣裙，喜欢望着帘外的落雨而出神，是吗？另芳，或许我们真是不该见面的，好让我想象中的你更为真切。

另芳，雨仍下着，淡淡的哀愁在雨里飘零。遥想你墓地上的草早该绿透了，但今年春天你却没有看见。想象中有一朵白色的小花开在你的坟头，透明而苍白，在雨中幽幽地抽泣。

而在天上，在那灿烂的灵境上，是不是也正落着阳光的雨、落花的雨和音乐的雨呢？另芳，请俯下你的脸来，看我们，以及你生长过的地方。或许你会觉得好笑，便立刻把头转开了。你会惊讶地自语：“那些年，我怎么那么痴呢？其实，那些事不是都显得很滑稽吗？”

另芳，你看，我写了这么多，是的，其实写这些信也很滑稽。

在永恒里，你已不需要这些了，但我还是要写，我许诺过要写的。

或者，明天早晨，小天使会在你的窗前放一朵白色的小花，上面滚动着无数银亮的小雨珠。

“这是什么？”

“这是我们在地上发现的，有一个人，写了一封信给你，我们不愿把那样拙劣的文字带进来，只好把它化成一朵小白花了——你去念吧，她写的都在里面了。”

那细碎质朴的小白花遂在你的手里轻颤着。另芳，那时候，你怎样想呢？它把什么都说了，而同时，它什么也没有说。那一片白，乱簌簌地摇着，模模糊糊地摇着你生前曾喜爱过的颜色。

那时候，我愿看到你的微笑，隐约而又浅淡，映在花丛的水珠里——那是我从来没有看见，并且也没有想象过的。

二

细致的湘帘外响起潺潺的声音，雨丝和帘子垂直地交织着，遂织出这样一个朦胧黯淡而又多愁绪的下午。

山径上两个顶着书包的孩子在跑着、跳着、互相追逐着。她们不像是雨中的行人，倒像是在过泼水节了。一会儿，她们消失在树丛后面，我的面前重新现出湿湿的绿野，低低的天空。

手里握着笔，满纸画的都是人头。上次念心理系的王说，人所

画的，多半是自己的写照。而我的人像都是沉思的，嘴角有一些悲悯的笑意。那么，难道这些都是我吗？难道这些身上穿着曳地长裙，右手握着檀香折扇，左手擎着小花阳伞的都是我吗？咦，我竟是那个样子吗？

一张信笺摊在玻璃板上，白而又薄。信债欠得太多了，究竟今天先还谁的呢？黄昏的雨落得这样忧愁，那千万只柔柔的纤指抚弄着一束看不见的弦索，轻拢慢捻，触着的总是一片凄凉悲怆。

那么，今日的信寄给谁呢？谁愿意看一带灰白的烟雨呢？但是，我的眼前又没有万里晴岚，这封信要怎么写呢？

这样吧，寄给自己，那个逝去的自己。寄给那个听小舅讲“灰姑娘”的女孩子，寄给那个跟父亲念“新丰折臂翁”的中学生。寄给那个在水边静坐的织梦者，寄给那个在窗前扶头的沉思者。

但是，她在哪里呢？就像刚才那两个在山径上嬉玩的孩童，倏忽之间，便无法追寻了。而那个“我”呢？你隐藏到哪一处树丛后面去了呢？

你听，雨落得这样温柔，这不是你所盼的雨吗？记得那一次，你站在后庭里，抬起头，让雨水落在你张开的口里，那真是很好笑的。你又喜欢一大早爬起来，到小树叶下去找雨珠儿，把它们很小心地放在写算术用的化学垫板上，高兴得像是得了一满盘珠宝。你真是很富有的孩子，真的。

什么时候你又走进中学的校园了，在遮天的古木下，听隆隆的雷声，看松鼠在枝间乱跳，你忽然欢悦起来。你的欣喜有一种原始的单纯和热烈，使你生起一种欲舞的意念。但当天空陡然变黑，暴风夹雨而至的时候，你就突然静穆下来，带着一种虔诚的敬畏。你是喜欢雨的，你一向如此。

那年夏天，教室后面那棵花树开得特别灿美，你和芷同时都发现了。那些嫩枝被成串的黄花压得低垂下来，一直垂到小楼的窗口。每当落雨时分，那些花串儿就变得透明起来，美得让人简直不敢喘气。

那天下课的时候，你和芷站在窗前。花在雨里，雨在花里，你们遂被那些声音，那些颜色颠倒了。但渐渐地，那些声音和颜色也悄然退去，你们遂迷失在生命早年的梦里。猛回头，教室竟空了。才想起那一节是音乐课，同学们都走光了。那天老师没骂你们，真是很幸运的——不过他本来就不该骂你们，你们在听夏日花雨的组曲呢！

渐渐地，你会忧愁了。当夜间，你不自禁地去听竹叶滴雨的微响；当初秋，你勉强念着“留得残荷听雨声”，你就模模糊糊地为自己拼凑起一些哀愁了。你愁着什么呢？你不能回答——你至今都不能回答。你不能抑制自己去喜欢那些苍凉的景物，又不能保护自己不受那种愁绪的感染。其实，你是不必那么善感的，你看，别人家都忙自己的事，偏是你要愁那不相干的愁。

年齿渐长，慢慢也会遭逢一点人事了，只是很少看到你心平气

和过，并且总是带着鄙夷，看那些血气衰败到不得不心平气和的人。在你，爱是火炽的，恨是死冰的，同情是渊深的，哀愁是层叠的。但是，谁知道呢？人们总说你是文静的，只当你是温柔的。他们永远不了解，你所以爱阳光，是钦慕那种光明；你所以爱雨水，是向往那份淋漓。但是，谁知道呢？

当你读到《论语》上那句“知其不可而为之”时，忽然血如潮涌，几天之久不能安坐。你从来没有经过这样大的暴雨——在你的思想和心灵之中。你仿佛看见那位圣人的终生颠沛，因而预感到自己的一部分命运。但你不能不同时感到欣慰，因为许久以来，你所想要表达的一个意念，竟在两千年前的一部典籍上出现了。直到现在，一想起这句话，你心里总激动得不能自已。你真是傻得可笑，你。

凭窗望去，雨已看不分明，黄昏竟也过去了。只是那清晰的声音仍然持续，像乐谱上一个延长符号。那么，今夜又是一个凄冷的雨夜了。你在哪里呢？你愿意今宵来入梦吗？带我到某个旧游之处去走走吧！南京的古老城墙是否已经苔滑？柳州的峻拔山水是否也已剥落？

下一次写信是什么时候呢？我不知道。当有一天我老的时候，或许会写一封很长的信给你呢！我不希望你接到一封有谴责意味的信，我是多么期望能写一封感谢和赞美的信啊！只是，那时候的你配得到它吗？

雨声滴答，寥落而美丽。在不经意的一瞥中，忽然发现小室里的灯光竟这般温柔。同时，在不经意的回顾里，你童稚的光辉竟也在遥远的地方闪烁。而我呢？我的光芒呢？真的，我的光芒呢？在许多年之后，当我桌上这盏灯燃尽了，世人还有没有其他的光呢？哦，我的朋友，我不知道那么多，只愿那时候你我仍发着光，在每个黑暗凄冷的雨夜里。

不　识

父母能赐你以相似的骨肉与血脉，却从不予你一颗真正解读他们的心。

家人至亲，我们自以为极亲极爱了解的，其实我们所知道的也只是肤表的事件而不是刻骨的感觉。

父亲的追思会上，我问弟弟："追诉平生，就由你来吧，你是儿子。"

弟弟沉吟了一下，说："我可以，不过我觉得你知道的事情更多些。有些事情，我们小的没赶上。"

然而，我真的知道父亲吗？我们曾认识过父亲吗？我愕然不知怎么回答。

"小的时候，家里穷，除了过年，平时都没有肉吃，如果有客人来，就去熟肉铺子切一点肉。偶尔有个挑担子卖花生米、小鱼的人经过，我们小孩子就跟着那个人走。没的吃，看看也是好的，我们就这样跟着跟着，一直走，都走到隔壁庄子去了，就是舍不得回头。”

那是我所知道的，他最早的童年故事。我有时忍不住，想掏把钱塞给那九十年前的馋嘴小男孩，想买一把花生米、小鱼填填他的嘴……

我问我自己，你真的了解那个小男孩吗？还是你只不过在听故事？如果你不曾穷过、饿过，那小男孩巴巴的眼神你又怎么读得懂呢？

读完徐州城里的第七师范的附小，他打算读第七师范，家人带他去见一位堂叔，目的是借钱。

堂叔站起身来，从一把旧铜壶里掏出二十一块银元。

堂叔的那二十一块银元改变了父亲的一生。

我很想追上前去看一看那堂叔看着他的怜爱的眼神。他必是族人中最聪明的孩子，堂叔才慨然答应借钱的吧！听说小学时代，他每天上学都不从市内走路，嫌人车杂沓。他宁可绕着古城周围的城墙走，他一面走，一面大声背书。那意气飞扬的男孩，天下好像没有可以难倒他的事。

然而，我真认识那个孩子吗？那个捧着二十一块银元在这个世界打天下的孩子。我平生读书不过只求缘尽兴而已，我大概不能懂得那一心苦读求上进的人。那孩子，我不能算是深识他。

“台湾出的东西，就是没老家的好！”父亲总爱这么感叹。

我有点反感，他为什么一定要坚持老家的东西比这里好呢？他离开老家都已经这么多年了。

“老家没有的就不说了，咱说有的，譬如这香椿。”他指着院子里的香椿树，台湾的，“长这么细细小小一株。在我们老家，那可是和榕树一样的大树咧！而且台湾是热带，一年到头都能长新芽，那芽也就不嫩了。在我们老家，只有春天才冒得出新芽来，忽然一下，所有的嫩芽全冒出来了，又厚又多汁。大人、小孩全来采呀，采下来用盐一揉，放在格架上晾，那架子上腌出来的卤汁就呼噜——呼噜——地一直流，下面就用盆接着，那卤汁下起面来，那个香呀——”

我吃过韩国的盐腌香椿芽，从它的形貌看来，揣想它未腌之前一定也极肥厚，故乡的香椿芽想来也是如此。但父亲形容香椿在腌制的过程中竟会“呼噜——呼噜——”流汁，我被他言语中的象声词所惊动，那香椿树竟在我心里成为一座地标，我每次都循着那株香椿树去寻找父亲的故乡。

但我真的明白那棵树吗？

父亲晚年时，我推轮椅带他上南京中山陵，只因他曾跟我说过：“总理下葬的时候，我是军校的学生，上面在我们中间选了些人去抬棺材，我被选上了……”

他对孙中山一心崇敬——这一点，恐怕我也无法十分了然。我当然也同意孙中山是可敬佩的，但恐怕未必那么百分之百的心悦诚服。

“我们，那个时候……读了总理的书……觉得他讲的才是真有道理……”

能有一人令你死心塌地，生死追随，父亲应该是幸福的——而这种幸福，我并不能体会。

年轻时的父亲，有一次去打猎。一枪射出，一只小鸟应声而落。他捡起一看，小鸟已肚破肠流，他手里提着那温暖的肉体，看着那腹腔之内一一俱全的五脏，忽然决定终其一生不再射猎。

父亲在同事间并不是一个好相处的人，听母亲说有人给他起个外号叫“杠子手”，意思是耿直不圆转，他听了也不气，只笑笑说“山难改，性难移”，从来不屑于改正。然而在那个清晨，在树林里，对一只小鸟，他却生慈柔之心，誓言从此不射猎。

父亲的性格如铁如砧，却也如风如水——我何尝真正了解过他？

《红楼梦》第一百二十回，贾政眼看着光头赤脚身披红斗篷的宝玉向他拜了四拜，转身而去，消失在茫茫雪原里，说：

“竟哄了老太太十九年，如今叫我才明白——”

贾府上下数百人，谁又曾明白宝玉呢？家人之间，亦未必真能互相解读吧？

我于我父亲，想来也是如此无知无识。他的悲喜、他的起落、他的得意与哀伤、他的憾恨与自足，我哪能都一一探知、一一感同

身受呢?

蒲公英的散蓬能叙述花托吗?

不，它只知道自己在一阵风后身不由己地和花托相失相散了，它只记得叶嫩花初之际，被轻轻托住的安全的感觉。它只知道，后来，就一切都散了，胜利的也许是生命本身，草原上的某处，会有新的蒲公英冒出来。

我终于明白，我还是不能明白父亲。至亲如父女，也只能如此。

我觉得痛，却亦转觉释然，为我本来就无能认识的生命，为我本来就无能认识的死亡，以及不曾真正认识的父亲。原来，没有谁可以彻骨认识谁，原来，我也只是如此无知无识。

雨之调

雨　荷

有一次，雨中走过荷池，一塘的绿云绵延，独有一朵半开的红莲挺然其间。

我一时为之惊愕驻足，那样似开不开，欲语不语，将红未红，待香未香的一株红莲！

漫天的雨纷然而又漠然，广不可及的灰色中竟有这样一株红莲！像一堆即将燃起的火，像一罐立刻要倾泼的颜色！我立在池畔，虽不欲捞月，也几成失足。

生命不也如一场雨吗？你曾无知地在其间雀跃，你曾痴迷地在其间沉吟，但更多的时候，你得忍受那些寒冷和潮湿，那些无奈与寂寥，并且以晴日的幻想来度日。

可是，看那株莲花，在雨中怎样地唯我而又忘我，当没有阳光

的时候，它自己便是阳光，当没有欢乐的时候，它自己便是欢乐！一株莲花里有多么完美自足的世界！

一池的绿，一池无声的歌，在乡间不惹眼的路边——岂止哲学书中才有真理？岂止研究院中才有答案？一笔简单的雨荷可绘出多少形象之外的美善，一片亭亭青叶支撑了多少世纪的傲骨！

倘有荷在池，倘有荷在心，则长长的雨季何患？

秋声赋

一夜，在灯下预备第二天要教的课，才念两行，便觉哽咽。那是欧阳修的《秋声赋》，许多年前，在中学时，我曾狂热地耽于那些旧书，我曾偷偷地背诵它！

可笑的是少年无知，何曾了解秋声之悲，一心只想学几个漂亮的句子，拿到作文簿上去自炫！

但今夜，雨声从四窗来叩，小楼上一片零落的秋意，灯光如雨，愁亦如雨，纷纷落在秋声赋上，文字间便幻起重重波涛，掩盖了那一片熟悉的文字。

每年 11 月，我总要去买一本 *Idea* 杂志，不为那些诗，只为异国那份辉煌而又黯然的秋光。那荒漠的原野，那大片宜于煮酒的红叶，令人恍然有隔世之想。可叹的是故土的秋色犹能在同纬度的新大陆去辨认，但秋声呢？何处有此悲声寄售？

闻秋声之悲与不闻秋声之悲，其悲各何如?

明朝，穿过校园中发亮的雨径，去面对满堂稚气的大一新生的眼睛，《秋声赋》又当如何解释?

秋灯渐暗，雨声不绝，终夜吟哦着不堪一听的浓愁。

《青楼集》

在傅斯年图书馆当窗而坐，远近的丝雨成阵。

桌上放着一本被蠹鱼食余的《青楼集》，焦黄破碎的扉页里，我低首去辨认元朝的、焦黄破碎的往事。

一壁抄着，忍不住的思古情怀便如江中兼天而涌的浪头，忽焉而至。那些柔弱的名字里有多少辛酸的命运：朱帘秀、汪怜怜、翠娥秀、李娇儿……一时之间，元人的弦索、元人的箫管，便盈耳而至。音乐中浮起的是那些苍白的，架在锦绣之上，聪明得悲哀的脸。

当别的女孩在软褥上安静地坐着，用五彩的丝线织梦，为什么独有一班女孩在众人的奚落里唱着人间的悲欢离合？而如果命运要她们成为被遗弃的，却为什么要让她们有那样的冰雪聪明去承受那种残忍?

“大都”，辉煌的元帝国，光荣的朝代，何竟有那些黯然的脸在无言中沉浮？当然，天涯沦落的何止是她们，为人作色的何止是她们。但八百年后在南港，一个秋雨如泣的日子，独有她们的身世这

样沉重地压在我的资料卡上，那古老而又现代的哀愁。

雨在眼，雨在耳，雨在若有若无的千山。南港的黄昏，在满楼的古书中无限凄清！萧条异代，谁解此恨！相去几近千年，她们的忧伤和屈辱却仍然如此强烈地震撼着我。

雨仍落，似乎已这样无奈地落了许多世纪。山渐消沉，树渐消沉，书渐消沉，只有蠹鱼的蛀痕顽强地咬透八百年的酸辛。

尘 缘

大约两岁吧，那时的我。父亲中午回家吃饭，匆匆又要赶回办公室去。我不依，抓住他宽边的军腰带不让他系上，说："你戴上这个就是要走了，我不要！"我抱住他的腿不让他走。

那个时代的军人军纪如山，父亲觉得迟到之罪近乎通敌。他一把抢回了腰带，还打了我——这事我当然不记得了，是父亲自己事后多次提起，我才印象深刻。父亲每提此事，总露出一副深悔的样子。我有时想，挨那一顿打也真划得来啊，父亲因而将此事记了一辈子，悔了一辈子。

"后来，我就舍不得打你。就那一次。"他说。

那时，两岁的我不想和父亲分别。半个世纪之后，我依然抵赖，依然想抓住什么留住父亲，依然对上帝说："把爸爸留给我吧！留给我吧！"

然而，上帝没有允许我的强留。

当年，小小的我不知道自己为什么留不住爸爸，半世纪后，我仍然不明白父亲为什么非走不可？当年的我知道他系上腰带就会走，现在的我知道他不思饮食，记忆涣散便也是要走。然而，我却一无长策，眼睁睁地看着老迈的他杳杳而逝。

记忆中小时候，父亲总是带我去田间散步，教我阅读名叫“自然”的这部书。他指给我看螳螂的卵，他带回被寄生蜂下过蛋的虫蛹。后来有一次，我和五阿姨去散步，三岁的我偏头问阿姨道：“你看，菜叶子上都是洞，是怎么来的？”

“虫吃的。”阿姨当时是大学生。

“那，虫在哪里？”

阿姨答不上来，我拍手大乐。

“哼，虫变蛾子飞跑了，你都不知道！虫变蛾子飞跑了，你都不知道！”

我对生物的最初惊艳，来自父亲，我为此终生感激。

然而父亲自己蜕化而去的时候，我却痛哭不依，他化蝶远扬，我却总不能相信这种事竟然发生了。那么英挺而强壮的父亲，谁把他偷走了？

父亲九十一岁那年，我带他回故乡。距离他上一次回乡，前后是五十九年。

“你不是‘带’爸爸回去，是‘陪’爸爸回去。”我的朋友纠正我。

“可是，我的情况是真的需要‘带’他回去。”

我们一行四人，爸爸、妈妈、我和护士。我们用轮椅把他推上飞机，推入旅馆，推进火车。火车一离南京城，就到了滁县。我起先吓了一跳，“滁州”这种地方好像应该好好待在欧阳修的《醉翁亭记》里，怎么真的有个滁州在这里。我一路问父亲，现在是什么站了，他一一说给我听，我问他下一站的站名，他也能回答上来。奇怪，平日颠三倒四的父亲，连吃过了午饭都会旋即忘了又要求母亲开饭，怎么一到了滁州城附近就如此凡事历历分明起来？

“姑娘（即姑母）在哪里？”

“渚兰。”

“外婆呢？”

“住宝光寺。”

其他亲戚的居处他说来也都了如指掌，这是他魂里梦里的所在吧？

“大哥，你知道这是什么田？”三叔问他。

“知道，”爸爸说，“白芋田。”

白芋就是白番薯的意思，红番薯则叫红芋。

不知为什么，近年来他像小学生，总乖乖回答每一道问题。

“翻白芋秧子你会吗？”三叔又问。

“会。”

白芋秧子就是番薯叶，这种叶子生命力极旺盛，如果不随时翻它，它就会不断抽长又不断扎根，最后白芋就长不好了。所以，要不断叉起它来，翻个面，害它不能多布根，好专心长番薯。

年轻时的父亲在徐州城里念师范，每次放假回家，便帮忙农事。我想父亲当年年轻，打着赤膊，在田里执叉翻叶。那个男孩至今记得白芋叶该怎么翻。想到这里，我心下有一份踏实，觉得在茫茫大地上，也有某一块田是父亲亲手料理过的，我因而觉得一份甜蜜安详。父亲回乡，许多杂务都是一位安营表哥打点的，包括租车和食宿的安排。安营表哥的名字很特别，据说那年有军队过境，在村边安营，表哥就叫了安营。

“这位是谁你认识吗？”我们问父亲。

“不认识。”

“他就是安营呀！”

“安营？”父亲茫然，“安营怎么这么大了？”

这组简单的对话，一天要说上好几次，然而父亲总是不能承认面前此人就是安营。上一次，父亲回家见他，他年方一岁，而今他已是儿孙满堂的六十岁老人。去家离乡五十九年，父亲的迷糊我不忍心用老年痴呆解释。两天前，我在飞机上见父亲读英文报，便指些单字问他：

“这是什么字？”

“西藏。”

“这个呢？”

“以色列。”

我惊讶于他能一一回答，奇怪啊，父亲到底记得什么又到底不记得什么呢？

我们到田塍边谒过祖父母的坟，爸爸忽然说：“我们就回家去吧！”

“家？家在哪里？”我故意问他。

“家，家在屏东呀！”

我一惊，这一生不忘老家的人其实是以屏东为家的。屏东，那永恒的阳光的城垣。

家族中走出一位老妇人，是父亲的二堂姊，是一切家人中最老的。她九十三了，腰杆笔直，小脚走得踏实迅快，她把父亲看了一眼，用乡下人简单而大声的语言宣布：“他迂了！”

迂，就是乡人说“老年痴呆”的意思。我的眼泪立刻涌出来，我一直刻意闪避的字眼，这老妇人竟直截了当地道了出来。如此清晰，如此残忍。

我开始明白“父母在”和“父母健在”是不同的，但我仍依恋仍不舍。

父亲在南京旅馆时，老友陈颐鼎将军来访。陈伯伯和父亲是乡故，交情素厚，但我告诉他陈伯伯在楼下，正要上来，他却勃然色变，说：

“干吗要见他？”

这陈伯伯曾到过台湾，训练过一批新兵，那时是一九四六年。这批新兵训练得还不太好就上战场了，结果吃了败仗，以后便成了中国台湾籍滞留大陆的老兵，陈伯伯也就因而成了共产党人。

“我一辈子都不见。”他说，一脸执倔。

他不明白说这种话不合时宜了。

陈伯伯进来，我很紧张。陈伯伯一时激动万分，紧握爸爸的手热泪直流。爸爸却淡淡的，总算没赶人家出去，我们也就由他。

“陈伯伯和我爸爸当年的事，可以说一件给我听听吗？”事后我问陈妈妈。

“有一次，打仗，晚上也打，不能睡，又下雨，他们两个人困极了，就穿着雨衣，背靠着背地站着打盹儿。”

我又去问陈伯伯：“我爸爸，你对他印象最深的是什么？”

“他上进，他起先当‘学兵’，看人家黄埔出身，他就也去考黄埔。等黄埔出来，他想想，觉得学历还不够好，又去读陆军大学，然后，又去美国……”

陈伯伯位阶一直比父亲稍高，但我看到的他只是个慈祥的老人，喃喃地说些六十年前的事情。

爸爸急着回屏东，我们就尽快回来了。回来后的父亲安详贞定，我那时忽然明白了，台湾，才是他愿意埋骨的所在。

一九四九年，爸爸本来是最后一批离开重庆的人。

“我会守到最后五分钟。”

他对母亲说，那时我们在广州，正要上船。他们两个人把一对日本鲨鱼皮军刀各拿了一把，那算是家中比较值钱的东西，是受降时分得的战利品。

“但愿人长久，千里共婵娟。”

战争中每次分手，爸爸都写这句话给妈妈。那时代的人令人不解，仿佛活在电影情节里，每天都是生离死别。

后来，父亲遇见了一个旧日部属。那部属在战争结束后改行卖纸烟，他给了父亲几条烟，又给了他一张假身份证，把张家闲的名字改成章佳贤，且缝了一只土灰布的大口袋做烟袋，父亲就从少将军官变成了烟贩子。背上了袋子，他便直奔山区而去，参加游击队。以后取道法属越南的老挝转香港飞台湾，这一周折，使他多花了一年零二十天才和家人重逢。

那一年里，我们不幸也失去了外婆。母亲总是胃痛，痛的时候便叫我把头枕在她胃上，说是压一压就好了。那时我小，成天到小池塘边抓小鱼来玩，忧患对我是个似懂非懂的怪兽。它敲门的时候，不归我应门。他们把外婆火化了，打算不久以后带回老家去，过了二十年，死了心，才把她葬在三张犁。

爸爸从来没跟我们提他被俘和逃亡的艰辛，许多年以后，母亲才陆续透露了几句，但那些恐惧在他晚年时却一度再现。有一天，妈妈外出回来，他说：“刚才你不在，有人来跟我收钱。”

“收什么钱？”

“他说我是甲级战俘，要收一百块钱，乙级的收五十块。”

妈妈知道他把现实和梦境搞混了，便说：“你给了他没有？”

“没有，我告诉他我身上没钱，我太太出去了，等下我太太回来你跟她收好了。”

那是他的梦魇，四十多年不能抹去的梦魇，奇怪的是梦魇化解的方法倒也十分简单，只要说一句“你去找我太太收”就可以了。

幼小的时候，父亲不断告别我们，及至我十七岁读大学，便是我告别他了。我现在才知道，虽然我们共度了半个世纪，我们仍算父女缘薄！这些年，我每次回屏东看他，他总说：“你是有演讲，顺便回来的吗？”

我总嗯哼一声带过去。我心里想说的是，爸爸啊，我不是因为要演讲才顺便来看你的，我是因为要看你才顺便答应演讲的啊！然而我不能说，他只容我“顺便”看他，他不要我为他担心。

有一年中秋节，母亲去马来西亚探妹妹，父亲一人在家。我不放心，特别南下去陪他，他站在玄关处骂起我来：“跟你说不用回来、不用回来，你怎么又跑回来了？你回来，回去的车票买不到怎么办？叫你别回来，不听！”

我有点不知所措，中秋节，我丢下丈夫、孩子来陪他，他反而骂我。但愣住几秒钟后，我忽然明白了，这个钢铮的北方汉子，他受不了柔情。他不能忍受让自己接受爱宠，他只好骂我。于是，我笑笑，不理他，且去动手做菜。

父亲对母亲也少见浪漫镜头，但有一次，他把我叫到一边，说：“你们姐妹也太不懂事了！你妈快七十的人了，她每次去台北，你们就这个要五包凉面，那个要一只盐水鸭，她哪里提得动？”

母亲比父亲小十一岁，我们一直都觉得她是年轻的那一个，我们忘记她也在变老；又由于想念屏东眷村老家，每次就想买点美食来解乡愁，只有父亲看到母亲已不堪提携重物。

由于父亲是军人，而我们子女都不是，没有人知道他在他那行算怎样一个人物。连他得过的两枚云麾勋章，我们也弄不清楚相等于多大的战绩。但我读大学时有次站在公交车上，听几个坐在我前面的军人谈论陆军步兵学校的人事，不觉留意。父亲曾任步校的教育长、副校长，有一阵子也代理校长。我听他们说着说着就提到父亲，我心跳起来，不知他们会说出什么话来，只听一个说：“他这人是个好人。”

又一个说：“学问也好。”

我心中一时激动不已，能在他人口碑中认识自己父亲的好，真是幸运。

又有一次，我和丈夫、孩子到鹭鸶潭去玩，晚上便宿在山间。山中有几椽茅屋，是些老兵盖来做生意的。我把身份证拿去登记，老兵便叫了起来：“呀，你是张家闲的女儿！副校长是我们的老长官

了，副校长道德、学问都好的，这房钱，不能收了。”

我当然也不想占几个老兵的便宜，几经推扯，打了折扣收钱。其实他们不知道，我真正受惠的不是那一点折扣，而是从别人眼中看到的父亲正直崇高的形象。

八十九岁，父亲去开白内障，打了麻药还没有推入手术室，我找些话跟他说，免得他太快睡着。

“爸爸，杜甫，你知道吗？”

“知道。”

“杜甫的诗你知道吗？”

“杜甫的诗那么多，你说哪一首啊？”

“我说《兵车行》‘车辚辚’那下面是什么？”

“马萧萧。”

“再下面呢？”

“行人弓箭各在腰，爷娘妻子走相送，尘埃不见咸阳桥，牵衣顿足拦道哭，哭声直上干云霄……”

我的泪直滚滚地落下来，不知为什么，透过一千二百年前的语言，我们反而狭路相逢。

人间的悲伤，无非是生离和死别，战争是生离和死别的原因，但，衰老也是啊！父亲垂老，两目视茫茫，然而，他仍记得那首哀伤的唐诗。父亲一生参与了不少战争，而衰老的战争却是最最艰辛难支的战争吧？

我开始和父亲平起平坐地谈起诗来，是在初中阶段。父亲一时显然惊喜万分，对于女儿大到可以跟他谈诗的事儿乎不能置信。在那段清贫的日子里谈诗是有实质的好处的，母亲每在此时烙一张面糊饼，切一碟卤豆干，有时甚至还有一瓶黑松汽水。我一面吃喝，一面纵论，也只有父亲容得下我当时的胡言吧？

父亲对诗，也不算有什么深入研究，他只是熟读《唐诗三百首》而已。我小时常见他用的那本，扉页已经泛黄，上面还有他手批的文字。成年后，我忍不住偷来藏着，那是他一九四一年六月在浙江金华买的，封面用牛皮纸包好。有一天，我忽然想换掉那老旧的包书纸，不料打开一看，才发现原来这张牛皮纸是一个公文袋，那公文袋是从“国防部”寄的，寄给“联勤总部”副官处处长，那是父亲在南京时的官职，算来是一九四六或一九四七年的事了。前人惜物的真情比如今任何环保宣言都更实在。父亲走后，我在那层牛皮纸外再包它一层白纸，我只能在千古诗情里去寻觅我遍寻不获的父亲。

父亲去时是清晨五时半，终于，所有的管子都拔掉了，九十四岁，父亲的脸重归安谧祥和。我把加护病房的窗帘打开，初日正从灰红的朝霞中腾起，穆穆皇皇，无限庄严。

我有一袋贝壳，是以前旅游时陆续捡的。有一天，我整理东西，忽然想到它们原是属于海洋的。它们已经暂时陪我一段时光了，一切尘缘总有个了结，我于是决定把它们一一放回大海。

而我的父亲呢？父亲也被归回到什么地方去了吗？那曾经剑眉星目的英飒男子，如今安在？我所挽留不住的，只能任由永恒取回。而我，我是那因为一度拥有贝壳而聆听了整个海潮音的小孩。

回首风烟

“喂，请问张教授在吗？”

电话照例从一早就聒噪起来。

“我就是。”

“嘿！张晓风！”对方的声音忽然变得又急又高又鲁直。

我愣了一下，因为向来电话里传来的声音都是客气的、委婉的、有所求的。这直呼名字的作风还没听过，我一时竟不知如何回答。

“你不记得我啦！”她继续用那直统统的语调，“我是李美津啦，以前跟你坐隔壁的！”

我忽然舒了一口气，怪不得，原来是她！三十年前的初中同学，对她来说，“教授”“女士”都是多余的装饰词。对她来说，我只是那个简单的穿着绿衣黑裙的张晓风。

“我记得！”我说，“可是你这些年在哪里呀？”

“在美国，最近暑假回来。”

那天早晨，我忽然变得很混乱，一个人时而抛回三十年前，时而急急奔回现在。其实，我虽是“北一女”的校友，却只读过两年，因为父亲调职，举家南迁，便转学走了，以后再也没有遇见这批同学。忙碌的生涯，使我渐渐把她们忘记了。奇怪的是，电话一来，名字一经出口，记忆又复活了，所有的脸孔和声音都逼到眼前来。时间真是一件奇妙的东西，像火车，可以向前开，也可沿着轨道倒车回去；而记忆像呼吸，吞吐之间竟连自己也不自觉。

终于约定周末下午到南京东路去喝咖啡，算是同学会。我兴奋万分地等待那一天，那一天终于来了。

走进预定的房间，第一个看到的是坐在首席的理化老师，她教我们那年师大毕业不久，短发、浓眉大眼、尖下巴，声音温柔。我们立刻都爱上她了，没想到三十年后她仍然那样娴雅端丽。和老师同样显眼的是罗，她是班上的美人，至今仍保持四十五公斤的体重。记得那时候，我真觉得她是世间第一美女，她是医生的女儿，学钢琴，美目雪肤。只觉世上万千好事都集中在她身上了，大二就嫁给实业巨子的独养孙子，嫁妆车子一辆接一辆地走不完，全班女同学都是伴娘，席开流水……但现在看她，才知道在她仍然光艳灿烂的美丽背后，她也曾经结结实实地生活过。财富是有脚的，家势亦有起落，她让自己从公司里最小的职员干起，熟悉公司每一部门的业务，直到现在，她晚上还去修管理学分。我曾视之为公主、为天仙的人，原来也是如此脚踏实地在生活着的啊。

"喂，你的头发有没有烫？"有一个人把箭头转到迟到的我身上。

"不用，我天生鬈毛。"我一边说，一边为自己生平省下的烫发费用而得意。

"现在是好了。可是，从前，注册的时候，简直过不了关。训育组的老师以为我是趁着放假偷偷去烫过头，我说也说不清，真是急得要哭。"

大家笑起来。咦？原来这件事过了三十年再拿来说，竟也是好笑好玩的了。可是，当时除了含冤莫白急得要哭之外，竟毫无对策，那时会气老师、气自己、气父母遗传给了我一头怪发。

然后，又谈各人的家人。李美津当年，人长得精瘦，调皮捣蛋不爱读书，如今却生了几个品学兼优的好孩子，做起富富态态的贤妻良母来了；魏当年画图画得好，可惜听爸爸的话去学了商，至今念念不忘美术。

"从前，你们两个做墙报，一个写、一个画，弄到好晚也回不了家。我在旁边想帮忙，又帮不上。"

我怎么想不起来有这么一回事？

"中文老师常拿你的作文给全班传阅。"

奇怪，这件事我也不记得了。

记得的竟是一些暗暗的羡慕和嫉妒，例如施，她写了一篇《模特儿的独白》，让橱窗里的模特儿说话。又例如罗珞珈，她写小时

候的四川，写“铜脸盆里诱人的兔肉”。我当时只觉得她们都是天纵之才。

话题又转到音乐，那真是我的暗疤啊。当时，我们要唱八分之六的拍子，每次上课都要看谱试唱，那么简单的东西不会就是不会。上节课不会，下节课便得站着上，等会唱了，才可以坐下。可是，偏偏不会，就一直站着，自己觉得丢脸死了。

“我现在会了，1 2 3 1，2 3 2……”我一路唱下来，大家笑起来，“你们不要笑啊，我现在唱得轻松，那时候却一想到音乐课就心胆俱裂。每次罚站也是急得要哭……”

大家仍然笑。真的，原来事过三十年，什么都可以一笑了之。还有，其实理化老师也苦过一番。她教完我们不久就辞了职，嫁给一个医学生，住在酒泉街的陋巷里挨岁月。三十年过去了，医学生已成名医，分割连体婴便是师丈主的刀。

体育课、童军课、大扫除都被当成津津有味的话题。

“喂，你们还记不记得，腕骨有八块——叫作舟状、半月、三角、豆、大多棱、小多棱、头状、钩——我到现在也忘不了。”我说，看到她们错愕的表情，我受到鼓励，又继续说下去，“还有中文老师，有一次她病了，我们大家去看她。她哭起来，说她宫外孕，动了手术，以后不能有小孩了。那时我们太小，只觉奇怪，没有小孩有什么好哭的呢？何况，她平常又是那么要强的一个人。”

许多唏嘘，许多惊愕，许多甜沁沁的回顾，三十年已过，当时的嗔喜，当时的笑泪，当时的贪痴和悲智，此时只是咖啡杯表面的一抹轻烟。所有的伤口都自然可以结疤，所有的果实都已含蕴成酒。

有人急着回家烧晚饭，我们匆匆散去。

原来，世事是可以在一回首之间成风、成烟的，原来一切都可以在笑谈间做梦痕看的。那么，这世间还有什么不能宽心、不能释怀的呢？

有个叫“时间”的家伙走过

“这是什么菜？”晚餐桌上丈夫点头赞许，“这青菜好，我喜欢吃，以后多买这种菜。”

我听了，啼笑皆非，立即顶回去：“见鬼哩，这是什么菜？这是青江菜，两个礼拜以前你还说这菜难吃，叫我以后别再买了。”

“怎么可能？”

“怎么不可能？上次买的老，这次买的嫩，其实都是它，你说爱吃的也是它，你说不爱吃的还是它。”

同样的东西，在不同的时段上，差别之大，几乎会让你忘了它们原本是一个啊！

此刻委地的尘泥，曾是昨日枝头喧闹的春意，两者之间，谁才是那花呢？

今朝为蝼蚁食剩的枯骨，曾是昔时舞妒杨柳的软腰，两相参照，谁方是那绝世的美人呢？

一把青江菜好吃不好吃，这里头竟然牵动起生命的大怆痛了。

你所爱的和你所恶的，其实只是同一个对象，只不过，有一个名叫“时间”的家伙曾经走过而已。

年年岁岁岁岁年年

一

渐渐地，就有了一种执意地想要守住什么的神气，半是凶霸，半是温柔，却不肯退让，不肯商量，要把生活里细细琐琐的东西一一护好。

二

一向以为自己爱的是空间，是山河，是巷陌，是天涯，是灯光晕染出来的一方暖意，是小小陶钵里的“有容”。

然后才发现自己也爱时间，爱与世间人“天涯共此时”。在汉唐相逢的人已成就其汉唐，在晚明相逢的人也谱罢其晚明。而今日，我只能与当世之人在时间的长川里停舟暂相问，只能在时间的流水席上与当代人传杯共盏。否则，两舟一错桨处，觥筹一交递时，年华岁月已成空无。

天地悠悠，我却只有一生，只握一个筹码，手起处，转骰已报出点数，属于我的博戏已告结束。盘古一辨清浊，便是三万六千载，李白《蜀道难》难忘的年光，忽忽竟有四万八千岁，而天文学家动辄抬出亿万年，我小小的想象力无法追想那样地老天荒的亘古，我所能揣摩所能爱悦的无非是属于常人的百年快板。

三

神仙故事里的樵夫偶一驻足观棋，已经柯烂斧锈，沧桑几度。

如果有一天，我因好奇而在山林深处看棋，仁慈的神仙，请尽快告诉我真相。我不要偷来的仙家日月，我不要在一袖手之际误却人间的生老病死，错过半生的悲喜怨怒。人间的紧锣密鼓中，我虽然只有小小的戏份，但我是不肯错过的啊！

四

书上说，有一颗星，叫岁星，十二年循环一次。“岁星”使人有强烈的时间观念，所以一年叫“一岁”。这种说法，据说发生在远古的夏朝。

“年”是周朝人用的，甲骨文上的年字写成，代表人扛着禾捆，看来简直是一幅温暖的“冬藏图”。

有些字，看久了会令人渴望到心口发疼、发紧的程度。当年，想必有一快乐的农人在北风里背着满肩禾捆回家，那景象深深感动了造字人，竟不知不觉用这幅画来做三百六十五天的重点勾勒。

五

有一次，和一位老太太用闽南语搭讪：“阿婆，你在这里住多久了？”

“唔——有十几冬喽！”

听到有人用冬来代年，不觉一惊，立刻仿佛有什么东西又隐隐痛了起来。原来，一句话里竟有那么丰富饱胀的东西。记得她说“冬”的时候，表情里有沧桑，也有感恩，而且那样自然地把春耕夏耘秋收冬藏的农业情感都灌注在里面了。她和土地、时序之间那种血脉相连的真切，使我不知哪里有一个伤口轻痛起来。

六

朋友要带他的新婚妻子从香港到台湾来过年，长途电话里我大概有点惊奇，他立刻解释说：“因为她想去台北放鞭炮，在香港不准。”

放下电话，我想笑又端肃，第一次觉得放炮是件了不起的大事，于是把儿子叫来说：“去买一串不长不短的炮——有位阿姨要从香港到台湾来放炮。”

岁除之夜，满城爆裂小小的、微红的、有声的春花，其中一串自我们手中绽放。

七

我买了一座小小的山屋，只十坪大。屋与大屯山相望，我喜欢大屯山，“大屯”是卦名，那山也真的跟卦象一样神秘幽邃，爻爻都在演化，它应该足以胜任“市山”的。走在处处地热的大屯山系里，每一步都仿佛踩在北方人烧好的土炕上，温暖而又安详。

下决心付小屋的订金说来是因屋外田埂上的牛以及牛背上的黄头鹭。这理由，自己听来也觉像撒谎，直到有一天听楚戈说某书法家买房子是因为看到烟岚，才觉得气壮了一点。

我已经辛苦了一年，我要到山里去过几个冬夜，那里有豪奢的安静和孤绝。我要生一盆火，烤几枚干果，燃一屋松脂的清香。

八

你问我今年过年要做什么？你问得太奢侈啊！这世间原没有什么东西是我绝对可以拥有的，不过随缘罢了。如果蒙天之惠，我只要许一个小小的愿望，我要在有生之年，年年去买一钵素水仙，养在小小的白石之间。

中国水仙和自盼自顾的希腊孤芳不同，它是温驯的，偎人的，开在中国人一片红灿的年景里。

九

除了水仙，我还有一件俗之又俗的心愿，我喜欢遵循着老家的旧俗，在年初一的早晨吃一顿素饺子。

素饺子的馅以荠菜为主，我爱荠菜的“野蔬”身份，爱小时候提篮去挑野菜的情趣，爱以素食为一年第一顿餐点的小小善心，爱民谚里“三月三，荠菜花，赛牡丹”的憨狂口气。

荠菜花花瓣小如米粒，粉白，不仔细看根本不容易发现，到了老百姓嘴里居然一口咬定荠菜花赛过牡丹。中国民间向来总有用不完的充沛自信，李凤姐必然艳过后宫佳丽，一碟名叫“红嘴绿鹦哥”的炒菠菜会是皇帝思之不舍的美味。郊原上的荠菜花绝胜宫中肥硕痴笨的各种牡丹。

吃荠菜饺子，淡淡的香气之余，总有颊齿以外嚼之不尽的清馨。

十

如果一个人爱上时间，他是在恋爱了。恋人会永不厌烦地渴望共花之晨，共月之夕，共其年年岁岁，岁岁年年。

如果你爱上的是一个民族，一块土地，也趁着岁月未晚，来与之共其朝朝暮暮吧！

所谓百年，不过是一千二百番的盈月、三万六千五百回的破晓，以及八次的岁星周期罢了。

所谓百年，竟是禁不起蹉跎和迟疑的啊，且来共此山河守此岁月吧！大年夜的孩子，只守一夕华丽的光阴，而我们所要守的却是短如一生又复长如一生的年年岁岁岁岁年年啊！

原载一九八三年二月十三日《中国时报·人间副刊》

放尔千山万水身

从书桌前，我抬起头来，天际红霞涌现，盛夏的黎明是如此干净剔透。我平时很少早起，一时之间，不免为这样的美丽镇住了。其实，今天我也没有早起，而是晚睡，我整夜没睡，我要出国了，我要出国去观光了！

这一年，是一九八一年，啊，如果岁月也有容颜，我愿编荷花为冠冕，戴在那一年的眉额之上，那是多么光华四射的日子啊！

我已去过琉球、中国香港、马来西亚、美国和欧洲，但都是去演讲。而像我这种“愣子性格”，答应演讲就真的去演讲，顺便看一眼明山秀水也是有的，但叫我虚晃一招，假演讲之名去流连游玩，我觉得不算好汉行径。

后来在一九八三年，我赴香港教书时，因为拥有一张香港居民证，可以十分方便去大陆，但我不去。学校给客座教授住的宿舍便在沙田第一城，小区里有巴士直达罗湖，我眼巴巴地望着站牌，却仍然咬牙不去。我知道，如果自己能趁别人去不成的时候先去，然后把所见所闻大书特书，当然可以取宠一时，但这种事胜之不武，我也不想要。

所以，这天早晨，才是我第一次到大陆观光。至于彻夜未眠，倒不是因为兴奋，而是因为赶着在行前把编撰的一本书的稿子交出来。

我们要去的地方是印度和尼泊尔，啊！唐三藏的旅程，孙悟空的旅程，我们也要去走它一圈！不为取经，只为玩！可怜故事里的唐三藏一路行行躲躲，唯恐有妖怪来吃他的肉。可怜孙悟空一路打妖怪打得手都长茧了吧？而我们一行却谈笑把盏，驾云直达，何等惬意。

由于这趟旅程，我交到了知己好友。由于这趟旅程，我体会到了东方古国的华艳富丽和肮脏赤贫，至美难踪和丑恶污烂。恒河之畔，有人在光天化日之下架火焚烧死尸，浓浊的黑烟中，我惊愕地想起少年时代才会穷思不舍的生命和死亡的谜题。在璀璨如用月光为建材而砌成的泰姬陵前，望着身披玉色缥纱的印度姝女，不禁要问爱情是什么？美丽是什么？死别是什么？权力又是什么？

好的旅游，不仅带人去远方，还带人回到最深层的内心世界。

二十年过去了，这段时间，我又去过许多地方，像新西兰，像澳大利亚，像蒙古，像印尼的巴厘岛……但如果有人问我最喜欢旅行中的哪个部分，我会说，我喜欢回程时飞机轮胎安然在跑道上着

陆的那一刹。那么笃定的归来的感觉。终于，回到自家的土地上来了，这地球的象限中，我最钟爱、最依恋的坐标点。

唐代有个姓吉的诗人曾写过一句诗：“放尔千山万水身。”

意思是说，放纵你那原来属于千山万水的生命而重回到千山万水中去吧！

有趣的是，这首诗其实是首放生的诗。诗人放了一只猿猴，叫它回归千山万水去。我虽然不是猿猴，但我极喜欢这首诗，仿佛它是为我写的。人类在某种程度上也是一只亟待放生的生物，旅行，至少提供了片面的放生。大约，在我们灵魂深处都残存着千年万年的记忆，对深山大泽和朝烟夕岚的记忆，需要我们行遍天涯去将之一一掇拾回来——因此，能出去走走是多么好的事啊！

是的，放尔千山万水身吧！

魔　季

蓝天打了蜡，在这样的春天。在这样的春天，小树叶儿也都上了釉彩。世界，忽然显得明朗了。

我沿着草坡往山上走，春草已经长得很浓了。唉，春天老是这样的，一开头，总惯于把自己藏在峭寒和细雨的后面。等真正一揭了纱，却又谦逊地为我们延来了长夏。

山容已经不再是去秋的清瘦了，那白茸茸的芦花海也都退潮了。相思树是墨绿的，荷叶桐是浅绿的，新生的竹子是翠绿的，刚冒尖儿的小草是黄绿的。还是那些老树的苍绿，以及藤萝植物的嫩绿，熙熙攘攘地挤满了一山。我慢慢走着，我走在绿之上，我走在绿之间，我走在绿之下。绿在我里，我在绿里。

阳光的酒调得很淡，却很醇，浅浅地斟在每一个杯形的小野花里。到底是一位怎样的君王要举行野宴呢？何必把每个角落都布置得这样豪华雅致呢？让走过的人都不免自觉寒酸了。

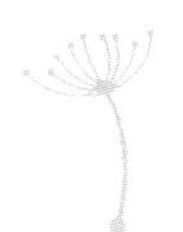

那片大树下的厚毡是我们坐过的，在那年春天。今天我走过的时候，它的柔软仍似当年，它的鲜绿仍似当年，甚至连织在上面的小野花也都娇美如昔。啊，春天，那甜甜的记忆又回到我的心头来了——其实不是回来，它一直存在着的！我禁不住怯怯地坐下，喜悦的潮音低低地回响着。

清风在细叶间穿梭，跟着它一起穿梭的还有蝴蝶。啊，不快乐真是不合理的——在春风这样的旋律里。所有柔嫩的枝叶都被邀舞了，窸窣地响起一片搭虎绸和细纱相擦的衣裙声。四月是音乐季呢！（我们有多久不闻丝竹的声音了？）宽广的音乐台上，响着甜美邈远的木箫，古典的七弦琴，以及琮琮然的小银铃，合奏着繁富而又和谐的曲调。

我们已把窗外的世界遗忘得太久了，我们总喜欢过着四面混凝土的生活。我们久已不能像那些溪畔草地上执竿的牧羊人，以及他们仅避风雨的帐篷。我们同样也久已不能想象那些在垄亩间荷锄的庄稼人，以及他们只足容膝的茅屋。我们不知道脚心触到青草时的恬适，我们不晓得鼻腔遇到花香时的兴奋。真的，我们是怎么会痴騃得那么厉害的！

那边，清澈的山涧流着，许多浅紫、嫩黄的花瓣上下漂浮，像什么呢？我似乎曾经想画过这样一张画——只是，我为什么如此想画呢？是不是因为我的心底也正流着这样一带涧水呢？是不是由于那其中也正轻搅着一些美丽虚幻的往事和梦境呢？啊，我是怎样珍惜着这些花瓣啊，我是多么想掬起一把来作为今日的晨餐啊！

忽然，走来一个小女孩。如果不是我看过她，在这样薄雾未散尽，阳光诡谲闪烁的时分，我真要把她当作一个小精灵呢！她慢慢地走着，好一个小山居者，连步履也都出奇地舒缓了。她有一种天生的属于山野的纯朴气质，使人不自已地想逗她说几句话。

“你怎么不上学呢？凯凯。”

“老师说，今天不上学，”她慢条斯理地说，“老师说，今天是春天，不用上学。”

啊，春天！噢！我想她说的该是春假，但这又是多么美的语误啊！春天，我们该到另一所学校去念书的。去念一册册的山，一行行的水。去速记风的演讲，又数骤云的变化。真的，我们的学校少开了许多的学分，少聘了许多的教授。我们还有许多值得学习的，我们还有太多应该效法的。真的呢，春天绝不该想鸡兔同笼，春天也不该背盎格鲁－撒克逊人的土语，春天更不该收集越南情势的资料卡。春天春天，春天来的时候我们真该学一学鸟儿，站在最高的枝柯上，抖开翅膀来，晒晒我们潮湿已久的羽毛。

那小小的红衣山居者很好奇地望着我，稍微带着一些打趣的神情。

我想跟她说些话，却又不知道该讲些什么。终于没有说——我想所有我能教她的，大概春天都已经教过她了。

慢慢地，她俯下身去，探手入溪。花瓣便从她的指间闲散地流

开去，她的颊边忽然漾开一种奇异的微笑，简单的、欢欣的，却又是不可捉摸的笑。我又忍不住叫了她一声——我实在仍然怀疑她是笔记小说里的青衣小童。（也许她穿旧了那袭青衣，偶然换上这件的吧！）我轻轻地摸着她头上的蝴蝶结。

“凯凯。”

“嗯？”

“你在干什么？”

“我，”她踌躇了一下，茫然地说，“我没干什么呀！”

多色的花瓣仍然在多声的涧水中淌过，在她肥肥白白的小手旁边乱旋。忽然，她把手一握，小拳头里握着几片花瓣。她高兴地站起身来，将花瓣往小红裙里一兜，便哼着不成腔的调儿走开了。

我的心像是被什么击了一下，她是谁呢？是小凯凯吗？还是春花的精灵呢？抑或，是多年前那个我自己的重现呢？在江南那个环山的小城里，不也住过一个穿红衣服的小女孩吗？在春天的时候，她不是也爱坐在矮矮的断墙上，望着远远的蓝天而沉思吗？她不是也爱去采花吗？爬在树上，弄得满头满脸的都是乱扑扑的桃花瓣儿。等回到家，又总被母亲从衣领里抖出一大把柔柔嫩嫩的粉红。她不是也爱水吗？她不是一直梦想着要钓一尾金色的鱼吗？（可是从来不晓得要用钓钩和钓饵。）每次从学校回来，就到池边去张望那根细细的竹竿。俯下身去，什么也没有——除了那张又圆又憨的小脸。啊，那个孩子呢？那个躺在小溪边打滚，直揉得小裙子上全是草汁的孩子呢？她隐藏到什么地方去了呢？

在那边，那一带疏疏的树荫里，几只毛茸茸的小羊在啮草，较大的那只母羊很安详地躺着。我站得很远，心里想着如果能摸摸那羊毛该多么好。它们吃着、嬉戏着、笨拙地上下跳跃着。啊，春天，什么都是活泼泼的，都是喜洋洋的，都是嫩嫩的，都是茸茸的，都是叫人喜欢得不知怎么是好的。

稍往前走几步，慢慢进入一带浓烈的花香。暖融融的空气里加调上这样的花香真是很醉人的。我走过去，在那很陡的斜坡上，不知什么人种了一株栀子花。树很矮，花却开得极璀璨，白莹莹的一片，连树叶都几乎被遮光了，像一列可以采摘的六角形星子，闪烁着清浅的眼波。这样小小的一棵树，我想，它是拚却了怎样的气力才绽出这样的一树春华呢？四下里很静，连春风都被甜得腻住了——我忽然发现自己已经站了很久，哦，我莫不是也被腻住了吧！

酢酱草软软地在地上摊开，浑朴、茂盛，那气势竟把整个山顶压住了。那种愉快的水红色，映得我的脸都不自觉地热起来了！

山下，小溪蜿蜒。从高处俯视下去，阳光的小镜子在溪面上打着明晃晃的信号。啊，春天多叫人迷惘啊！它究竟是怎么回事呢？是谁负责管理这最初的一季呢？他想来应该是一个神奇的魔术师了，当他的魔术棒一挥，整个地球便美妙地缩小了，缩成一束花球，缩成一方小小的音乐匣子。他把光与色给了世界，把爱与笑给了人类。

啊，春天，这样的魔术季！

小溪比冬天涨高了，远远看去，那个负薪者正慢慢地涉溪而过。啊，走在春水里又是怎样的滋味呢？或许那时候会恍然以为自己是一条鱼吧？想来做一个樵夫真是很幸福的，肩上挑着的是松香（或许还夹杂着些山花野草吧），脚下踏的是碧色琉璃（并且是最温软、最明媚的一种），身上的灰布衣任山风去刺绣，脚下的破草鞋任野花去穿缀。嗯，做一个樵夫真是很叫人嫉妒的。

而我，我没有溪水可涉，只有大片大片的绿罗裙一般的芳草，横生在我面前。我雀跃着，跳过青色的席梦思。山下阳光如潮，整个城市都沉浸在春里了。我遂想起我自己的那扇红门，在四月的阳光里，想必正焕发着红玛瑙的色彩吧！

他在窗前坐着，膝上放着一本布瑞克的《国际法案》，看见我便迎了过来。我几乎不能相信，我们已在一个屋顶下生活了一百多个日子。恍惚之间，我只觉得这儿仍是我们共同读书的校园。而此刻，正是含着惊喜在楼梯转角处偶然相逢的一刹那。不是吗？他的目光如昔，他的声音如昔，我怎能不误认呢？尤其在这样熟悉的春天，这样富于传奇气氛的魔术季。

前庭里，榕树抽着纤细的芽儿。许多不知名的小黄花正摇曳着，像一串晶莹透明的梦。还有古雅的蕨草，也善意地沿着墙角滚着花边儿。啊，什么时候我们的前庭竟变成一列窄窄的画廊了。

我走进屋里，扭亮台灯，四下便烘起一片熟杏的颜色。夜已微凉，空气中沁着一些凄迷的幽香。我从书里翻出那朵栀子花，是早晨自山间采来的，我小心地把它夹入厚厚的大字典里。

“是什么？好香，一朵花吗？”

“可以说是一朵花吧，”我迟疑了一下，“而事实上是一九六五年的春天——我们所共同盼来的第一个春天。”

我感到我的手被一只大而温热的手握住，我知道，他要对我讲什么话了。

远处的鸟啼错杂地传过来，那声音纷落在我们的小屋里，四下遂幻出一种林野的幽深——春天该是很深很浓了，我想。

给我一个解释

除了神话和诗，红尘素居，诸事碌碌中，更不免需要一番解释了。记得多年前，有次请人到家里屋顶阳台上种一棵树兰，并且事先说好了，不活包退费的。我付了钱，小小的树兰便栽在花圃正中间。一个礼拜后，它却死了。我对阳台上一片芬芳的期待算是彻底破灭了。

我去找那花匠，他到现场验了树尸。我向他保证自己浇的水既不多也不少，绝对不敢造次。他对着夭折的树苗偏着头呆看了半天，语调悲伤地说："可是，太太，它是一棵树呀！树为什么会死，理由多得很呢。譬如说，它原来是朝这方向种的，你把它拔起来，转了一个方向再种，它就可能要死！这有什么办法呢？"

他的话不知触动了我什么，我竟放弃退费的约定，一言不发地让他走了。

大约，忽然之间，他的解释让我同意，树也是一种自主的生命，它可以同时拥有活下去以及不要活下去的权利。虽然也许只是调了一个方向，但它就是无法活下去，不是有的人也是如此吗？我们可以到工厂里去订购一定容量的瓶子、一定尺码的衬衫，生命却不能容你如此订购的啊！

以后，每次走过别人墙头冒出来的花香如沸的树兰，微微的失怅里，我总想起那花匠悲冷的声音。我想我总是肯同意别人的——只要给我一个好解释。

孩子小的时候，做母亲的糊里糊涂地便已就任了“解释者”的职位。记得小男孩初入幼稚园，穿着粉红色的小围兜来问我，为什么他的围兜是这种颜色。我说：“因为你们正像玫瑰花瓣一样可爱呀！”“那中班为什么就穿蓝兜？”“蓝色是天空的颜色，蓝色又高又亮啊！”“白围兜呢？大班穿白围兜。”“白，就像天上的白云，是很干净、很纯洁的意思。”他忽然开心地笑了，表情竟是惊喜，似乎没料到小小的围兜里居然藏着那么多的神秘。我也吓了一跳，原来孩子要的只是那么少，只要一番小小的道理，就算信口说的，就够他着迷好几个月了。

十几年过去了，午夜灯下，那小男孩用当年玩积木的手在探索分子的结构。黑白小球结成奇异诡秘的勾连，像一扎紧紧的玫瑰花束，又像一篇布局繁复却条理井然、无懈可击的小说。

“这是正十二面烷。”他说，我惊讶这模拟的小球竟如此匀称优雅，黑球代表碳、白球代表氢，二者的盈虚消长便也算物华天宝了。

你所爱的和你所恶的，其实只是同一个对象，只不过，有一个名叫“时间”的家伙曾经走过而已。

给我一个解释，我就可以再相信一次人世，我就可以接纳历史，我就可以义无反顾地拥抱这荒凉的城市。

“这是赫素烯。”

“这是……”

我满心感激，上天何其厚我，那个曾要求我把整个世界一一解释给他听的小男孩，现在居然用他化学方面的专业知识向我解释我所不了解的另一个世界。

如果有一天，我因生命衰竭而向上苍祈求一两年额外加签的岁月，其目的无非是让我回首再看一看这可惊可叹的山川和人世。能多看它们一眼，便能多用悲壮的、虽注定失败却仍不肯放弃的努力再解释它们一次，并且也会欣喜地看到人如何用智慧、用言词、用弦管、用丹青、用静穆、用爱，一一对这世界做其圆融的解释。

是的，物理学家可以说，给我一个支点，给我一根杠杆，我就可以把地球撬起来——而我说，给我一个解释，我就可以再相信一次人世，我就可以接纳历史，我就可以义无反顾地拥抱这荒凉的城市。

第二章　种种有情

西谚说，把幸运的人丢到河里，他都能口衔宝物而归。我大概也是幸运的人，生活在这座城里，虽也有种种倒霉事，但奇怪的是，我记得住的而且在心中把玩不已的全是这些可爱的片断！这些从生活的渊泽里捞起来的种种不尽的可爱。

种种有情

有时候，我到水饺店去，饺子端上来的时候，我总是怔怔地望着那一个个透明饱满的形体，北方人叫它“冒气的元宝”。其实它比冷硬的元宝好多了，饺子自身是一个完美的世界，一张薄茧，包覆着简单而又丰盈的美味。

我特别喜欢看的是捏合饺子边皮留下的指纹，世界如此冷漠，天地和文明可能在一刹那之间化为炭劫，但无论如何，当我坐在桌前，上面摆着的某个人亲手捏合的饺子，热雾腾腾中，指纹美如古陶器上的雕痕，吃饺子简直可以因而神圣起来。

“手泽”为什么一定要拿来形容书法呢？一切完美的留痕，甚至饺皮上的指纹不都是美丽的手泽吗？我忽然感到万物的有情。

巷口一家饺子馆的招牌是正宗川味、山东饺子馆，也许是一个四川人和一个山东人合开的。我喜欢那招牌，觉得简直可以画入《清明上河图》，那上面还有电话号码，前面注着“TEL”，算是有了三个英文字母，至于号码本身，写的当然是阿拉伯文。一个小招牌，能涵容了四川、山东、中文、阿拉伯（数）字、英文，不能不说是一种可爱。

校车反正是每天都要坐的，而坐车看书也是每天例有的习惯。有一天，车过中山北路，劈头栽下一片叶子竟把手里的宋诗打得有了声音，多么令人惊异的断句法。

原来是从通风窗里掉下来的，也不知是刚刚新落的叶子，还是某棵树上的叶子在某时候某地方，偶然憩在偶过的车顶上，此刻又偶然掉下来的。我把叶子揉碎，它是早死了，在此刻，它的芳香在我的两掌复活，我张开微绿的指尖，竟恍惚自觉是一棵初生的树，并且刚抽出两片新芽，碧绿而芬芳，温暖而多血，镂饰着奇异的脉络和纹路，一叶在左，一叶在右，我是庄严地合着掌的一截新芽。

两年前的夏天，我们到堪萨斯城去看朱和他的全家——标准的神仙眷属，博士的先生，硕士的妻子，数目“恰恰好”的孩子，可靠的年薪，高尚住宅区里的房子，房子前的草坪，草坪外的绿树，绿树外的蓝天……

临行，打算合照一张。我四下浏览，无心地说：“啊，就在你们这棵柳树下面照好不好？”

“我们的柳树？”朱忽然回过头来，正色地说，“什么叫我们的柳树？我们反正是随时可以走的！我随时可以让它不是‘我们的柳树’。”

一年以后，他和全家都回来了。不知堪萨斯城的那棵树如今属于谁，但朱属于这块土地，他的门前不再有柳树了，他只能把自己栽成这块土地上的一片绿意。

春天，中山北路的红砖道上有人手拿着用粗绒线做的长腿怪鸟在兜卖，风吹着鸟的瘦胫，飘飘然好像真会走路的样子。

有些外国人忍不住停下来买一只。

忽然，有个女人停了下来。她不顶年轻，三十岁左右，一看就知是由于精明干练日子过得很忙碌的女人。

“这东西很好，”她抓住小贩，“一定要外销，一定赚钱，你到 × × 路 × × 巷 × 号二楼上去，一进门有个 × 小姐。你去找她，她一定会想办法给你弄外销！”

然后，她又回头重复了一次地址，才放心走开。

台湾怎能不富？连路上不相干的路人也会指点别人怎么做外销，其实，那种东西厂商也许早就做外销了，但那女人的热心，真是可爱得紧。

暑假里到中部乡下去，弯入一个岔道，在一棵大榕树底下看到一个身架特别小的孩子。他把几根绳索吊在大树上，他自己站在一张小板凳上，结着简单的结，要把那几根绳索编成一个网花盆的吊篮。

他的母亲对着他坐在大门口，一边照顾着杂货店，一边也编着美丽的结。蝉声满树，我停下来和那妇人搭讪，问她卖不卖，她告诉我不能卖，因为厂方签好契约是要外销的。带路的当地朋友说他们全是不露声色的财主。

我想起那年在美国逛梅西公司，问柜台小姐那架录音机是不是中国台湾做的，她回了一句：“当然，反正什么都是日本跟中国地区来的。”

我一直怀念那条乡下无名的小路，路旁那一对富足的母子，以及他们怎样在满地绿荫里相对坐编那织满了蝉声的吊篮。

我习惯请一位姓赖的油漆工人，他是客家人，哥哥做木工，一家人彼此生意都有照顾。有一年，我打电话找他们，他们居然不在，因为到关岛去做工程了。

过了一年才回来。

“你们也是要三年出师吧。”有一次，我没话找话跟他们闲聊。

“不用，现在两年就行。”

“怎么短了？”

“当然，现代人比较聪明！”

听他说得一本正经，顿时对人类前途都觉得乐观了起来。现代的学徒不用生炉子，不用倒马桶，不用替老板娘抱孩子，当然两年就行了。

我一直记得他们一口咬定现代人比较聪明时脸上那份尊严的笑容。

老王是一个包工头，圆滚滚的身材加上圆头、圆脸、圆眼睛，

甚至还有个圆鼻子。

可是，我一直觉得他简直诗意得厉害。

一张估价单，他也要用毛笔写，还喜欢盯着人问："怎么？这笔字不顶难看吧？"

碰到承包大工程，他就要一个人躲到乌来去，在青山绿水之间仔细推敲工和料的盈亏。

有一次，偶然闲谈，他兴高采烈地提到他在某某地方做过工程。那是一个军事单位。

"有人说那里有核子弹，你看到没有？"

"当然有！"

"有，又怎么会让你看见？"我笑了起来。

"老实说，我也没看见，"他也笑起来，不过仍是理直气壮的，"不过，有，我也说有，没有，我也说有，反正我就是硬要说它有。我们做老百姓的就是这样。"

有没有核子弹忽然变得不重要，有老王这样的人才是件可爱的事。

学校下面是一所大医院。黄昏的时候，病人出来散步，有些探病的人也三三两两地散步。

那天，我在山径上便遇见了几个这样的人。

习惯上，我喜欢走慢些去偷听别人说话。

其中有一个人，抱怨钱不经用。抱怨着抱怨着，像所有的中老年人一样，话题忽然就回到四十年前一块钱能买几百个鸡蛋的老故事上去了。

忽然，有一个人憋不住地叫了起来："你知道吗，抗战前，我念初中，有一次在街上捡到一张钱。哎呀，后来我等了一个礼拜天，拿着那张钱进城去，又吃了馆子，又吃了冰激凌，又买了球鞋，又买了字典，又看了电影。哎呀，钱居然还没有花完哪……"

山径渐高，黄昏渐冷。

我驻下脚，看他们渐渐走远，不知为什么，心中涌满了对黄昏时分霜鬓的陌生客的关爱。四十年前的一个小男孩，曾被突来的好运弄得多么愉快，四十年后山径上薄凉的黄昏，他仍然不能忘记……不知为什么，我忽然觉得那人只是一个小男孩，如果可能，我愿意自己是那掉钱的人，让人世中平白多出一段传奇故事……

无论如何，能去细味另一个人的惆怅也是一件好事。

元旦的清晨，天气异样的好，不是风和日丽的那种好，是清朗见底毫无渣滓的一种澄澈。我坐在计程车上赶赴一个会，路遇红灯时，车龙全停了下来。我无聊地探头窗外，只见两个年轻人骑着摩托车，其中一个说了几句话忽然兴奋地大叫起来："真是个好主意啊！"我不知他们想出了什么好主意，但看他们阳光下无邪的笑脸，也忍不住跟着高兴起来。不知道他们的主意是什么主意，但能在偶然的红灯前遇见一个以前没见过以后也不会见到的人真是一个奇异的机缘。他们的脸我是记不住的，但那不重要，重要的是我记得他们石破天惊的欢呼。他们或许去郊游，或许去野餐，或许去访问一个美丽的笑面如花的女孩。他们有没有得到他们预期的喜悦，我不知道，但我至少得到了，我惊喜于我能分享一个陌路的未曾成形的喜悦。

有一次，路过香港，有事要和乔宏的太太联络，习惯上我喜欢凌晨或午夜打电话——因为那时候忙碌的人才可能在家。

“你是早起的还是晚睡的？”

她愣了一下。

“我是既早起又晚睡的，孩子要上学，所以要早起，丈夫要拍戏，所以要晚睡——随你多早多晚打来都行。”

这次轮到我愣了，她真厉害，可是厉害的不止她一个人。其实，所有为人妻、为人母的大概都有这份本事——只是她们看起来又那样平凡，平凡得自己都弄不懂自己竟有那么大的本领。

女人，真是一种奇怪的人，她可以没有籍贯、没有职业，甚至没有名字地跟着丈夫活着，她什么都给了人，她年老的时候拿不到一文退休金，但她却活得那么有劲头，她可以早起可以晚睡，可以吃得极少，可以永无休假地做下去。她一辈子并不清楚自己是在付出还是在拥有。

资深主妇真是一种既可爱又可敬的角色。

文艺会谈结束的那天中午，我因为要赶回宿舍找东西，午餐会上迟到了三分钟，慌慌张张地钻进餐厅，席次都坐好了，大家已经开始吃了。忽然有人招呼我过去坐，那里刚好空着一个座位，我不加考虑地就走过去了。

等走到面前，我才呆了，那是谢东闵“主席”右首的位子，刚才显然是由于大家谦虚而变成了空位，此刻却变成了我这个冒失鬼的位子。我浑身不自在起来，跟“大官”一起总是件令人手足无措的事。

忽然，谢东闵转过头来向我道歉：“我该给你夹菜的，可是，你看，我的右手不方便，真对不起，不能替你服务了。你自己要多吃点。”

我一时傻眼望着他，以及他的手，不知该说什么。那只伤痕犹在的手忽然美丽起来，炸得掉的是手指，炸不掉的是一个人的风格和气度。我拼命忍住眼泪，我知道，此刻，我不是坐在一个“大官”旁边，而是一个温煦的“人”的旁边。

经过火车站的时候，我总忍不住要去看留言牌。

那些粉笔字不知道铁路局允许它保留半天或一天，它们不是宣纸上的书法，不是金石上的篆刻，不是小笺上的墨痕，它们注定立刻便要消逝，但它们存在的时候，它是多好的一根丝绦，就那样绾住了人间种种的牵牵绊绊。

我竟把那些句子抄了下来：

缎：久候未遇，已返，请来龙泉见。

春花：等你不见，我走了（我两点再来）。荣。

展：我与姨妈往内埔姐家，晚上九时不来等你。

每次看到那样的字总觉得好，觉得那些不遇、焦灼、愚痴中也自有一份可爱。一份人间的必要的温度。

还有一个人，也不署名，也没称谓，只扎手扎脚地写了“吾走矣”三个大字，板黑字白，气势好像要突破挂板飞去的样子。也不知道究竟是写给某一个人看的，还是写给过往来客的一句诗偈，总之，令人看得心头一震！

《红楼梦》里麻屣鹑衣的疯道人可以一路唱着《好了歌》，告诉世人万般“好”都是因为“了断”尘缘，但为什么要了断呢？每次我望着大小驿站中的留言牌，总觉万般的好都是因为不了不断，不能割舍而来的。

天地也无非是风雨中的一座驿亭，人生也无非是种种羁心绊意的事和情，能题诗在壁总是好的！

初　雪

诗诗，我的孩子：

如果五月的花香有其源自，如果十二月的星光有其出发的处所，我知道，你便是从那里来的。

这些日子以来，痛苦和欢欣都如此尖锐，我惊奇在它们之间区别竟是这样的少。每当我为你受苦的时候，总觉得那十字架是那样轻省。于是，我忽然了解了我对你的爱情，你是早春，把芬芳秘密地带给了园。

在全人类里，我有权利成为第一个爱你的人。他们必须看见你、了解你、认识你，而后才决定爱你，但我不需要。你的笑貌在我的梦里翱翔，具体而又真实。我爱你没有什么可夸耀的，事实上没有人能忍得住对孩子的爱情。

你来的时候，我开始成为一个爱思想的人，我从来没有这样深思过生命的意义，这样敬重过生命的价值，我第一次被生命的神圣

和庄严感动了。

因着你，我爱了全人类，甚至那些金黄色的雏鸡，甚至那些走起路来摇摆不定的小狗，它们全都让我爱得心疼。

我无可避免地想到战争，想到人类最不可抵御的一种悲剧。我们这一代人像菌类植物一般，生活在战争的阴影里。我们的童年便在拥塞的火车上和颠簸的海船里度过。而你，我能给你怎样的一个时代？我们既不能回到诗一般的十九世纪，也不能隐向神话般的阿尔卑斯山，我们注定生活在这苦难的年代，以及苦难的中国。

孩子，每思及此，我就对你抱歉，人类的愚蠢和卑劣把自己陷在悲惨的命运里。而今，在这充满核子恐怖的地球上，我们有什么给新生的婴儿？不是金锁片，不是香槟酒，而是每人平均相当一百万吨 TNT 的核子威力。孩子，当你用完全信任的眼光看这个世界的时候，你是否看得见那些残忍的武器正悬在你小小的摇篮上？以及你父母亲的大床上？

我生你于这样一个世界，我也许是错了。天知道我们为你安排了一段怎样的旅程。

但是，孩子，我们仍然要你来，我们愿意你和我们一起学习爱人类，并且和人类一起受苦。不久，你将学会为这一切的悲剧而流泪——而我们的时代多么需要这样的泪水和祈祷。

诗诗，我的孩子，有了你，我开始变得坚韧而勇敢。我竟然可以面对着冰冷的死亡而无惧于它的毒钩。我正视着生产的苦难而仍觉傲然。为你，孩子，我会去胜过它们。我从没有像现在这样热爱过生命。你教会我这样多成熟的思想和高贵的情操，我为你而献上感谢。

前些日子，我忽然想起《新约》上的那句话："你们虽然没有见过他，却是爱他。"我立刻明白爱是一种怎样独立的感情。当尤加利的梢头掠过更多的北风，当高山的峰巅开始落下第一片初雪的莹白，你便会来到。而在你珊瑚色的四肢还没有开始在这个世界挥舞以前，在你黑玉的瞳仁还没有照耀这个城市之先，你已拥有我们完整的爱情。我们会教导你在孩提以前先了解被爱。诗诗，我们答应你要给你一个快乐的童年。

写到这里，我又模糊地忆起江南那些那么好的春天，而我们总是伏在火车的小窗上，火车绕着山和水而行。日子似乎就那样延续着，我仍记得那满山满谷的野杜鹃！满山满谷又凄凉又美丽的忧愁！

我们是太早懂得忧愁的一代。

而诗诗，你的时代未必就没有忧愁，但我们总会给你一个丰富的童年，在你所居住的屋顶下没有属于这个世界的财富，但有许多的爱，许多的书，许多的理想和梦幻。我们会为你砌一座故事里的玫瑰花床，你便在那柔软的花瓣上游戏和休息。

当你渐渐认识你的父亲，诗诗，你会惊奇于自己的幸运。他诚实而高贵，他亲切而善良。慢慢地，你也会发现你的父母相爱得有

多么深。经过这么多年，他们的爱仍然像林间的松风，清馨而又新鲜。

诗诗，我的孩子，不要以为这是必然的，这样的幸运不是每一个孩子都有的。这个世界不是每一对父母都相爱的。曾有多少个孩子在黑夜里独泣，在他们还没有正式投入人生的时候，生命的意义便已经否定了。诗诗，诗诗，你不会了解那种幻灭的痛苦，在所有的悲剧之前，那是第一出悲剧。而事实上，整个人类都在相残着，历史并没有教会人类相爱。诗诗，你去教他们相爱吧，像那位诗哲所说的：他们残暴地贪婪着，嫉妒着，他们的言辞有如隐藏的刀锋正渴于饮血。

去，我的孩子，去站在他们不欢之心的中间，让你温和的眼睛落在他们身上，有如黄昏的柔霭淹没那日间的争扰。

让他们看你的脸，我的孩子，因而知道一切事物的意义，让他们爱你，因而彼此相爱。

诗诗，有一天你会明白，上苍不会容许你吝守着你所继承的爱。诗诗，爱是蕾，它必须绽放，它必须在疼痛的破拆中献出芳香。

诗诗，你也教导我们学习更多、更高的爱。记得前几天，一则药商的广告使我惊骇不已。那广告是这样说的："孩子，不该比别人的衰弱。下一代的健康关系着我们的面子。要是孩子长得比别人的健康、美丽、快乐，该多好、多荣耀啊。"诗诗，人性的卑劣使我不禁齿冷。诗诗，我爱你，我答应你，永不在我对你的爱里掺入不纯洁的成分。你就是你，你永不会被我们拿来和别人比较，你不需要为满足父母的虚荣心而痛苦。你在我们眼中永远杰出，你可以贫穷、可以失败，甚至可以潦倒。诗诗，如果我们骄傲，是为你本身而骄傲，不是为你的健康、美丽或者聪明。你是人，不是我们培养的灌木，我们决不会把你修剪成某种形态来使别人称赞我们是园艺天才。你可以照你的倾向生长，你选择什么样式，我们都会喜欢——或者学习着去喜欢。

我们会竭力地去了解你，我们会慎重地俯下身去听你述说一个孩童的秘密愿望。我们会带着同情与谅解帮助你度过忧闷的少年时期。而当你成年，诗诗，我们仍愿分担你的哀伤，人生总有那么些悲怆和无奈的事。诗诗，如果在未来的日子里你感觉孤单，请记住你的母亲，我们的生命曾一度相系，我会努力使这种联系持续到永恒。我再说，诗诗，我们会试着了解你，以及属于你的时代。我们会信任你——上苍从未赐下坏的婴孩。

我们会为你祈祷，孩子，我们不知道那些古老而太平的岁月会在什么时候重现。那种好日子终我们一生也许都看不见了。

如果这种承平永远不会再重现，那么，诗诗，那也是无可抗拒、无可挽回的事。我只有祝福你的心灵，能在苦难的岁月里有内在的宁静。

常常记得，诗诗，你不单是我们的孩子，你也属于山，属于海，属于五月里无云的天空——而这一切，将永远是人类欢乐的主题。

你即将长大，孩子，每一次当你轻轻地颤动，爱情便在我的心里急速涨潮。你是小芽，蕴藏在我最深的深心里，如同音乐蕴藏在长长的箫笛中。

前些日子，有人告诉我一则美丽的日本故事。说到每年冬天，当初雪落下的那一天，人们便坐在庭院里，穆然无言地凝望那一片片轻柔的白色。

那是一种怎样虔敬动人的景象！那时候，我就想到你，诗诗，你就是我们生命中的初雪。纯洁而高贵，深深地撼动着我。那些对生命的惊服和热爱，常使我在静穆中有哭泣的冲动。

诗诗，给我们的大地一些美丽的白色。诗诗，我们的初雪。

高处何所有
——赠给毕业同学

很久很久以前，在一个很远很远的地方，一位老酋长正病危。他找来村中最优秀的三个年轻人，对他们说："这是我要离开你们的时候了，我要你们为我做最后一件事。你们三个都是身强体壮而又智慧过人的好孩子，现在，请你们尽其可能地去攀登那座我们一向奉为神圣的大山。你们要尽其可能爬到最高超、最凌越的地方，然后，折回头来告诉我你们的见闻。"

三天后，第一个年轻人回来了。他笑生双靥，衣履光鲜："酋长，我到达山顶了，我看到繁花夹道，流泉淙淙，鸟鸣嘤嘤，那地方真不坏啊！"

老酋长笑笑说："孩子，那条路我当年也走过，你说的鸟语花香的地方不是山顶，而是山麓，你回去吧！"

一周以后，第二个年轻人也回来了。他神情疲倦，满脸风霜："酋长，我到达山顶了，我看到高大肃穆的松树林，我看到秃鹰盘

旋，那是一个好地方。”

“可惜啊！孩子，那不是山顶，那是山腰。不过，也难为你了，你回去吧！”

一个月过去了，大家都开始为第三位年轻人的安危担心，他却一步一蹭，衣不蔽体地回来了。他发枯唇燥，只剩下清炯的眼神：“酋长，我终于到达山顶，但是，我该怎么说呢？那里只有高风悲旋，蓝天四垂。”

“你难道在那里一无所见吗？难道连蝴蝶也没有一只吗？”

“是的，酋长，高处一无所有，你所能看到的，只有你自己。只有‘个人’被放在天地间的渺小感，只有想起千古英雄的悲激心情。”

“孩子，你到的是真的山顶。按照我们的传统，天意要立你做新酋长，祝福你。”

真英雄何所遇？他遇到的是全身的伤痕，是孤单的长途以及愈来愈真切的渺小感。

情　怀

不知从什么时候开始，我变成了一个容易着急的人。

行年渐长，许多要计较的事都不计较了，许多渴望的梦境也不再使人颠倒，表面看起来早已经是个可以令人放心循规蹈矩的良民，但在胸臆里仍然暗暗地郁勃着一声闷雷，等待某种不时的炸裂。

仍然落泪，在读说部故事诸葛亮武侯废然一叹，跨出草庐的时候；在途经罗马看米开朗基罗一斧一凿每一痕都是开天辟地的悲愿的时候；在深宵不寐，感天念地深视小儿女睡容的时候。

忽焉就四十岁了，好像觉得自己一身竟化成两个，一个正咧嘴嬉笑，抱着手冷眼看另一个，并且说：“嘿，嘿，嘿，你四十岁啦，我倒要看看你四十岁会变成什么样子哩！”

于是，正正经经开始等待起来，满心好奇兴奋伸着脖子张望即将上演的“四十岁时”，几乎忘了主演的人就是自己。

好几年前，在朋友的一面素壁上看见一幅英文格言，说的是：

"今天，是你此后余生的第一天。"

我谛视良久，不发一语，心里却暗暗不服："不是的，今天是今生到此为止的最后一天。"

我总是着急，余生有多少，谁知道呢？果真如诗人说的"百年梳三万六千回"的悠悠栉发岁月吗？还是"四季倏来往，寒暑变为贼，偷人面上花，夺人头上黑"的霸道不仁呢？有一年，眼看着患癌症的朋友史惟亮一寸寸地走远。那天是二月十四，日历上的情人节，他必然还有很绵缠不足的爱情吧，"中国"总是那最初也是最后的恋人，然而，他却走了，在情人节。

我走在什么时候？谁知道？只知道世方大劫，一切活着的人都是叨天之幸，只知道，且把今天当作我的最后一天，该爱的，要来不及地去爱，该恨的，要来不及地去恨。

从印度、尼泊尔回来，有小小的人世间的得意。好山水，好游伴，好情怀，人生至此，还复何求？还复何夸？回来以后，急着去看植物园的荷花，原来不敢期望在九月看荷的，但也许克什米尔的荷花湖使人想痴了心，总想去看看自己的那片香红，没想到她们仍在那里，比六月那次更灼然。回家忙打电话告诉慕容，没想到这人险阴，竟然已经看过了。

"你有没有想到，"她说，"就连这一池荷花，也不是我们'该'有的啊！"人是要活很多年才知道感恩的，才知道万事万物包括投眼而来的翠色，附耳而至的清风，无一不是豪华的天宠。才知道生命中的每一刹时间都是向永恒借来的片羽，才相信胸襟中的每一缕柔情都是无限天机所流泻的微光。

而这一切，跟四十岁又有什么关联呢?

想起古代的东方女子，那样小心在意地贮香膏于玉瓶，待香膏一点一滴地积满了，她忽然竟渴望就地一掷，将猛烈的馨香并作一次挥尽，啊！只要那样一度，够了。

想起绝句里的剑客，“十年磨一剑，霜刃未曾试，今日把似君，谁有不平事？”分明一个按剑的侠者，在清晨跨鞍出门，渴望及锋而试。

想起朋友亮轩少年十七岁，过中华路，在低矮的小馆里见于右任的一副对联“与世乐其乐，为人平不平”，私慕之余，竟真能效志。人生如果真有可争，也无非这些吧?

又想起杨牧的一把纸扇，扇子是在浙江绍兴买的，那里是秋瑾的故居，扇上题诗曰：

连雨清明小阁秋
横刀奇梦少时游
百年堪羡越园女
无地今生我掷头

冷战的岁月是没有掷头颅的激情的，然而，我四十岁了，我是

那扬瓶欲作一投掷的女子，我是那挎刀直行的少年。人世间总有一件事，是等着我去做的，石槽中总有一把剑，是等着我去拔的。

去年九月，我们全家四人到恒春一游。由于娘家至今在屏东已住了二十八年，我觉得自己很有理由把那块土地看作故乡了。阳光薄金，秋风薄凉，猫鼻头的激浪白亮如抛珠溅玉，立身苍茫之际，回顾渺小的身世，一切幼时所曾羡慕的，此刻全都有了。曾听人说流星划空之际，如果能飞快地说出祈愿便可实现，当时多急着想练好快利的口齿啊。而今，当流星过眼，我只能知足地说："神啊，我一无祈求！"

可是，就在那一天，我走到一个小摊子前面，一些褐斑的小鸟像水果似的给绑成一串吊在门口，我习惯地伸出手摸了它一下。忽然，那只鸟反身猛啄我一口，我又痛又惊，急速地收回手来，惶然无措地愣在那里。

就在那一瞬间，我忽然忘记痛，第一次想起鸟的生涯。

它必然也是有情有知的吧？它必然也正忧痛煎急吧？它也隐隐感到面对死亡的不甘吧？它也正郁愤悲挫忽忽如狂吧？

我的心比我的手更痛了。这是我第一次遇见不幸的伯劳，在这以前，它一直是我案头古老的《诗经》里的一个名字，"七月鸣鵙"，便是伯劳了，伯劳也是"劳燕分飞"典故里的一部分。

稍往前走，朋友指给我看烤好的鸟。再往前走，他指给我看堆积满地的小伯劳鸟的嘴尖。

“抓到就先把嘴折下来，免得咬人。然后才杀来烤，刚才咬你的那种因为打算卖活的，所以嘴尖没有折断。”

朋友是个尽责的导游，我却迷离起来。这就是我的老家屏东吗？这就是古老美丽的恒春古城吗？这就是海滩上有着发光的“贝壳沙”的小镇吗？这就是入夜以后沼气的蓝焰会从小泽里亮起来的神话之乡吗？“恒春”不该是“永恒的春天”吗？为什么有名的“关山落日”前，为什么惊心动魄的万里夕照里，我竟一步步踩着小鸟的嘴尖？

要不要管这档子闲事呢？

寄身在所谓的学术单位里已经是十几年了，学人的现实和计较有时不下商人，一位坦白的教授说：“要我帮忙做食品检验？那对我的研究计划有什么好处？这种事是该卫生署做的，他们不做了，我多管什么闲事，我自己的 Paper 不出来，我在学术界怎么混？”

他说得没有错，只是我有时会想起胡金铨的“龙门客栈”，大门砰然震开，白衣侠士飘然当户。

“干什么的？”

“管闲事的！”

回答得多么理直气壮。

我为什么想起这些？四十岁还会有少年侠情吗？为什么空无中总恍惚有一声召唤，使人不安。

我不喜欢“善心人士”的形象，“慈眉善目”似乎总和衰老、妇

道人家、愚弱有关。而我，做起事来总带五分赌气性质，气生命不被尊重，气环境不被珍惜。但是，真的，要不要管这档闲事呢？管起来钱会浪费掉，睡眠会更不足，心力会更交瘁，而且，会被人看成我最不喜欢的“善士”的模样，我还要不要插手管它呢？

教哲学的梁从香港来，惊讶地看我在屋顶上种出一畦花来。看到他，我忽然唠唠叨叨在嬉笑中也哲学起来了。

“你知道，在这个世界上，我终于慢慢明白，我能管的事太少了。北爱尔兰那边要打，你管得着吗？巴基斯坦这边要打，你压得了吗？小学四年级的音乐课本上有一首歌这样说：‘看我们少年英豪，抖着精神向前跑，从心底喊出口号，要把世界重改造，为着民族求平等，为着人类争公道，要使全球万国间，到处胜欢笑。’那时候每逢刮风，我就喜欢唱这首歌顶着风往前走。可是，三十年过去了，我不敢再说这样的大话，‘要把世界重改造’，我没有这种本事，只好回家种一角花圃，指挥指挥四季的红花绿卉。这就是辛稼轩说的，人到了一个年纪，忽然发现天下事管不了，只好回过头来‘乃翁依旧管些儿，管竹、管山、管水’。我呢，现在就管它几棵花。”

说的时候自然是说笑的，朋友认真地听，但我也知道自己向来虽不怕“以真我示人”，只是也不曾“以全我示人”。种花是真的，刻意去买了竹床、竹椅放在阳台上看星星也是真的，却像古代长安街上的少年，耳中猛听得金铁交鸣，才发觉抽身不及，自己又忘了前约，依然伸手管了闲事。

一夜，歇下驰骋终日的疲倦，十月的夜，适度的凉，我舒舒服服地独倚在一张为看书而设计的躺榻上，算是对自己一点小小的纵容吧！生平好聊天，坐在研究室里是与古人聊天，与西人聊天。晚上，读闲书读报是与时人聊天。写文章，则是与世人、与后人聊天，旅行的时候则与达官贵人或老农、老圃闲聊，想来属于我的一生，也无非是聊了些天而已。

忽然，一双忧郁愠怒的眼睛从报纸右下方一个不显眼的角落向我投视来，一双鹰的眼睛，我开始不安起来。不安的原因也许是那怒睁的眼中天生有着鹰族的锐利奋扬，但是不止，还有更多，我静静地读下去。在花莲，一个叫玉里的镇，一个叫卓溪乡古风村的地方，一只“赫氏角鹰”被捕了。从来不知道赫氏角鹰的名字，连忙去查书，知道它曾在几万年前，从喜马拉雅山和云南西北部南下，然后就留在中央山脉了，它不是台湾特有鸟类，也不是偶然过境的候鸟，而是“留鸟”。这一留，就是几万年，听来像绵绵无尽期的一则爱情故事。

却有人将这种鸟用铁夹捕了，转手卖掉，得到五千元。

我跳起来，打长途电话到玉里，夜深了，没人接。我又跑到桌前写信，急着找限时信封做读者投书，信封上了。我跑下楼去推脚踏车寄信，一看腕表已经清晨五点了，怎么会弄得这么晚的？也只能如此了，救生命要紧！

跨车回来，心中亦平静亦激动，也许会带来什么麻烦，会有人

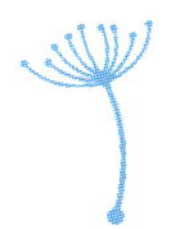

骂我好出风头，会有人说我图名图利，会有人铁口直断说：“我看她是要竞选了！”不管他，我且先去睡两个小时吧！我开始隐隐知道刚才和那只鹰的一照面间我为什么不安，我知道那其间有一种召唤，一种几乎是命定的无可抗拒的召唤。那声音柔和而沉实，那声音无言无语，却又清晰如面晤。那声音说：“为那不能自述的受苦者说话吧！为那不能自伸的受屈者表达吧！”

而后，经过报上的风风雨雨，侦骑四出，却不知那只鹰流落在哪里，我的生活从什么时候开始竟和一只鹰莫名其妙地连在一起了？每每我凝视照片，想象它此刻的安危，人生际遇，真是奇怪。过了二十天，我人到花莲，主持了两个座谈会，当晚住在旅社里。当门一关，廊外海潮声隐隐而来，心中竟充满异样的感激，生平住过的旅社虽多，这一间却是花莲的父老为我预定并付钱的。我感激的是自己那一点的善意和关怀被人接纳，有时也觉得自己像说法化缘的老僧，虽然每遭白眼，但也能和人结成肝胆相照的朋友。我今夕蒙人以一饭相款，设一榻供眠，真当谢天，比起古代风餐露宿的苦行僧，我是幸运的。

第二天一早搭车到宜兰，听说上次被追索的赫氏角鹰便是在偷运台北的途中死在那里。我和鸟类专家张万福从罗东问到宜兰，终于在一家“山产店”的冻箱里找到那只曾经搏云而上的高山生灵，而今是那样触手如坚冰的一块尸骨。站在午间陌生的小市镇上，山产店里一罐罐的毒蛇药酒，从架上俯视我。这样的结果其实多少也是意料中的，却仍忍不住悲怆。四十岁了，一身仆仆，站在小城的小街上，一家陈败的山产店前，不肯服输的心底，要对抗的究竟是什么呢？

和张万福匆匆包了它就赶北宜公路回家了，黄昏时在台北道别，看他再继续赶往台中的路，心中充满感恩之意。只为我一通长途电话，他就肯舍掉两天的时间，背着一大包幻灯片，从台中、台北再转花莲去“说鸟”。此人也是一奇，阿美人，台大法律系毕业，在美军顾问团做事，拿着高薪，却忽然发现所谓律师常是站在有钱有势却无理的一边。这一惊非同小可，于是弃职而去，一跑跑到大度山的东海潜心研究起鸟类生态来。故事听起来像江洋大盗忽然收山不做而削发皈依、反度起众人一般神奇。而他却是如此平实的一个人，会傻里傻气地待在野外从早上六点到下午六点，仔细数清楚棕面莺的母鸟喂了四百八十次小鸟的记录，并且会在座谈会上一一学鸟类不同的鸣声。而现在，“赫氏角鹰”交他去做标本。一周以后，那胸前一片粉色羽毛的幼鹰会乖乖地张开翅膀，乖乖地停在标本架上，再也没有铁夹去夹它的脚了，再也没有商人去辗转贩卖它了，那永恒的展翼啊！台北的暮色和尘色中，我看他和鹰绝尘而去，心中的冷热一时也说不清。

我是个爱鸟人吗？不是，我爱的那个东西必然不叫鸟，那又是什么呢？或许是鸟的振翅奋扬，是一掠而过，将天空横渡的那股意气风发。也许我爱的仍不是这个，是一种说不清的生命力的展示，是一种突破无限时空的渴求。

曾在翻译诗里爱过希腊废墟的漫草荒烟，曾在风景明信片上爱过夏威夷的明媚海滩，曾在线装书里迷上“黄河之水天上来”，曾在江南的歌谣里想自己驾一叶迷途于十里荷香的小舟……而半生碌碌，灯下惊坐，忽然发现魂牵梦萦的仍是中央山脉上一只我未曾睹其生面的鹰鸟。

四十岁了，没有多余的情感和时间可以挥霍，且专致地爱脚跟下的这片土地吧！且虔诚地维护头顶的那片青天吧！生平不识一张牌，却生就了大赌徒的性格，押下去的那份筹码其数值自己也不知道，只知道是余生的岁岁年年，赌的是什么？是在我垂睫大去之际能看到较澄澈的河流，较清新的空气，较青翠的森林，较能繁息生养的野生生命……输赢何如？谁知道呢？但身经如此一番大搏，为人也就不枉了。

和丈夫去看一部叫《女人四十一枝花》的电影，回家的路上咯咯笑个不停，好莱坞的爱情向来是如此简单、荒唐。

“你呢？”丈夫打趣，“你是不是女人四十一枝花？”

“不是，”我正色起来，“我是‘女人四十一枚果’，女人四十岁还做花，也不是什么含苞盛放的花了，但是如果是果呢，倒是透青透青初熟的果子呢！”

一切正好，有看云的闲情，也有犹热的肝胆，有尚未收敛也不想收敛的遭人妒的地方，也有平凡敦实容许别人友爱的余裕，有高龄的父母仍容我娇痴无忌如稚子，也有广大的国家容我去展怀一抱如母亲，有霍然而怒的盛气，也有湛然一笑的淡然。

还有什么可说呢？芽嫩已过，花期已过，如今打算来做一枚果，待果熟蒂落，愿上天复容我是一粒核，纵身大化，在新着土处，期待另一度的芽叶。

愿上天复容我是一粒核，纵身大化，在新着土处，期待另一度的芽叶。

我们是一列树，立在城市的飞尘里。

生活赋

——生活是一篇赋，萧索的由绚丽而下跌的令人惘然的长门赋

巷　底

巷底住着一个还没有上学的小女孩，因为脸特别红，让人还来不及辨识她的五官之前就先喜欢她了。当然，其实她的五官也挺周正美丽，但让人记得住的，却只有那一张红扑扑的小脸。

不知道她有没有父母，只知道她是跟祖母住在一起的。使人吃惊的是那祖母出奇地丑，而且显然可以看出来，并不是由于老才丑的。她几乎没有鼻子，嘴是歪的，两只眼如果只是老眼昏花倒也罢了，她的还偏透着邪气的凶光。

她人矮，显得叉着脚走路的两条腿分外碍眼，我也不知道她怎么忍受的，她已经走了快一辈子路了，却永远分明是一只脚向东，

一只脚朝西。

她当日做些什么，我不知道，印象里好像她总在生火，用一只老式的炉子，摆在门口当风处，劈里啪啦地扇着，嘴里不干不净地咒着。她的一张丑皱的脸模糊地隔在烟幕之后，一双火眼金睛却暴露得可以直破烟雾的迷阵，在冷湿的落雨的黄昏，行人会在猛然间以为自己已走入邪恶的黄雾——在某个毒瘴四腾的沼泽旁。

她们就那样日复一日地住在巷底的违章建筑里，小女孩的红颊日复一日地盛开，老太婆的脸像经冬的风鸡日复一日地干缩，炉子日复一日地像口魔缸似的冒着张牙舞爪的浓烟。

——这不就是生活吗？一些稚拙的美，一些惊人的丑，以一种牢不可分的天长地久的姿态栖居在某个深深的巷底。

粺糬车

不知在什么时候，由什么人，补造了“粺”“糬”两个字。（武则天也不过造了十九个字啊！）

曾有一个古代的诗人，吃了重阳节登高必吃的“糕”，却不敢把“糕”字放进诗篇。“《诗经》里没用过‘糕’字啊，”他分辩道，“我怎么能贸然把‘糕’字放在诗里去呢？”

正统的文人有一种可笑而又可敬的执着。

但老百姓全然不管这一回事，他们高兴的时候就造字，而且显

然也很懂得“形声”跟“会意”的造字原则。

我喜欢“糠糬”这两个字，看来有一种原始的毛毵毵的感觉。

我喜欢“糠糬”，虽然它的可口是一种没有性格的可口。

我喜欢糠糬车，我形容不来那种载满了柔软、甜蜜、香腻的小车怎样在孩子群中贩卖欢乐。糠糬似乎只卖给小孩，当然有时也卖给老人——只是最后不免仍然到了孩子手上。

我真正最喜欢的还是糠糬车的节奏，不知为什么，所有糠糬车都用它们这一行自己的音乐。正像修伞的敲铁片，卖馄饨的敲碗，卖番薯的摇竹筒，都各有一种单调而粗糙的美感。

糠糬车用的“乐器”是一个转轮，轮子转动处带起一上一下的两根铁杆，碰得此起彼落的“空”“空”地响，不知是不是用来象征一种古老的舂米的音乐。讲究的小贩在两根铁杆上顶着布袋娃娃，故事中的英雄和美人，便一起一落地随着转轮而轮回起来了。

铁杆轮流下撞的速度不太相同，但大致是一秒钟响两次，或者四次。这根起来，那根就下去；那根起来，这根就下去。并且也说不上大起大落，永远在巴掌大的天地里沉浮。沉下去的不过沉一个巴掌，升上去的亦然。

跟着糠糬车走，最后会感到自己走入一种寒栗的悸怖。陈旧的生锈的铁杆上悬着某些知名的和不知名的帝王将相，某些存在的或不存在的后妃美女，以一种绝情的速度此消彼长，在广漠的人海中重复着一代与一代之间毫无分别的乍起乍落的命运。难道这不就是生活吗？以最简单的节奏叠映着占卜者口中的“凶”“吉”“悔”“咎”。嘀嗒之间，跃起落下，许多生死祸福便已告完成。

无论什么时候，看到糨糬车，我总忍不住地尾随而怅望。

食橘者

冬天的下午，太阳以漠然的神气遥遥地笼罩着大地，像某些曾经蔓烧过一夏的眼睛，现在却浑然遗忘了。有一个老人背着人行道而坐，仿佛已跳出了杂沓的脚步的轮回，他淡淡地坐在一片淡淡的阳光里。

那老人低着头，很专心地用一个小刀在割橘子皮。那是“椪柑”种的橘子，皮很松，可以轻易地用手剥开，他却不知为什么拿着一把刀工工整整地画着，像个石匠。

每个橘子他照例要画四刀，然后依着刀痕撕开，橘子皮在他手上盛美如一朵十字科的花。他把橘肉一瓣瓣取下，仔细地摘掉筋络，慢慢地一瓣瓣地吃。吃完了，便不急不徐地拿出另一个来，耐心地把所有的手续再重复一遍。

那天下午，他就那样认真地吃着一瓣一瓣的橘子，参禅似的凝止在一种不可思议的安静里。

难道这不就是生活吗？太阳割切着四季，四季割切着老人，老

人无言地割切着一个个浑圆柔润的橘子。

想象中那老人的冬天似乎永远过不完，似乎他一直还坐在那灰扑扑的街角，一丝不苟地，以一种玄学家执迷的格物精神，细味那些神秘的金汁溢涨的橘子。

种种可爱

作为一个小市民，有种种令人生气的事——但幸亏还有种种可爱，让人忍不住地高兴。

中华路有一家卖蜜豆冰的——蜜豆冰原来是属于台中的东西（木瓜牛奶也是），但不知什么时候台北也都有了——门前有一副对联，对联的字写得普普通通，内容更谈不上工整，却是情婉意贴，令人动容。

上句是：我们是来自纯朴的小乡村。

下句是：要做大台北无名的耕耘者。

店名就叫“无名蜜豆冰”。

台北的可爱就在各行各业间平起平坐的大气象。

永康街有一家卖面的，门面比摊子大，比店小，常在门口换广告词，冬天是“100℃的牛肉面”。

春天换上“每天一碗牛肉面，力拔山河气盖世”。

这比“日进斗金”好多了，我每看一次简直就对白话文学多生出一份信心。

有一天，在剧场里遇见孟瑶，请她去喝豆浆，同车去的还有俞大纲老师和陈之藩夫人。他们都是戏剧家，很高兴地纵论地方剧，忽然，那驾驶员说：“川剧和湖北戏也都是有帮腔的呀！”

我肃然起敬，不是为他所讲的话，而是为他说话的架势，那种与一代学者比肩谈话也不失其自信的本色。

台北的人都知道自己有讲话的分儿，插嘴的分儿。

好几年前，我想找一个洗衣兼打扫的半工，介绍人找了一位洗衣妇来。

“反正你洗完了我家也是去洗别人家的，何不洗完了就替我打扫一下，我会多算钱的。”

她小声地咕哝了一阵，介绍人郑重宣布：“她说她不扫地——因为她的兴趣只在洗衣服。”

我起先几乎大笑，但接着不由一凛，原来洗衣服也可以是一个人认真的“兴趣”。

原来即使是在“洗衣”和“扫地”之间，人也要有其一本正经的抉择，有抉择才有的自主的尊严。

带一位香港的朋友坐计程车去找一个地方，那条路特别不好找，计程车司机找过了头，然后又折回来。

下车的时候，他坚持要扣下多绕了冤枉路的钱。

“是我看错才走错的，怎么能收你们的钱？”

后来死推活拉，总算用折中的办法，把争执的差额付了。香港的朋友简直看得愣住了，我觉得大有面子。

祝福那位司机！

我家附近有一个卖水果的，本来卖许多种水果，后来改了，只卖木瓜，见我走过，总要说一句：

“老师，我现在卖木瓜了——木瓜专科。”

又过了一阵，他改口说：

“老师，现在更进步了，是木瓜大学了。”

我喜欢他那骄矜自喜的神色，喜欢他四个肤色润泽的活蹦乱跳的孩子——大概都是木瓜大学作育有功吧？

隔巷有位老太太，祭祀很诚，逢年过节总要上供。有一天，我经过她设在门口的供桌，大吃一惊，原来她上供的主菜竟是洋芋沙拉，另外居然还有罐头。

后来，想倒也发觉她的可爱，活人既然可以吃沙拉和罐头，让祖宗或神仙换换口味有何不可？

她的没有章法的供菜倒是有其文化交流的意义了。

从前，在中华路平交道口，总是有个北方人在那里卖大饼。我从来没有见过那种大饼整个一块到底有多大，但从边缘的弧度看来直径总超过二尺（1 尺≈ 0.33 米）。

我并不太买那种饼，但每过几个月，我总不放心地要去看一眼。

我怕吃那种饼的人愈来愈少，卖饼的人会改行，我这人就是“不放心”（和平东路拓宽时，我很着急，深怕师大当局一时兴起，把门口那开满串串黄花的铁刀木砍掉，后来一探还在，高兴得要命）。

那种硬硬厚厚的大饼对我而言差不多是有生命的，北方黄土高原上的生命，我不忍看它在中华路上慢慢绝种。

后来不知怎么搞的，忽然满街都在卖那种大饼。我安心了，真可爱，真好，有一种东西暂时不会绝种了！

华西街是一条好玩的街，儿子对毒蛇发生强烈兴趣的那一阵子，我们常去。我们站在毒蛇店门口，一家一家地去看那些百步蛇、眼镜蛇、雨伞蛇……

“那条蛇毒不毒？”我指着一条又粗又大的问店员。

“不被咬到就不毒！”

没料到是这样一句回话，我为之暗自惊叹不已。其实，世事皆可作如是观，有浪，但船没沉，何妨视作无浪；有陷阱，但人未失足，何妨视作坦途。

我常常想起那家蛇店。

有一天，在一家公司的墙上看到这样一张小纸条：“请随手关灯，节约能源，支援‘十大建设’。”

看了以后，一下子觉得“十大建设”好近好近，好像就是家里的事，让人觉得就像自家厨房里添抽风机或浴室里要添热水炉，或饭厅里要添冰箱的那份热闹亲切的喜气。——有喜气就可以省着过日子，省得扎实有希望。

为了整修“我们咖啡屋”，我到八斗子渔港去买渔网，渔网是棉纱的，用山上采来的一种植物染成赭红色，现在一般都用尼龙的了，那种我想要的老式的棉纱渔网已成古董。

终于找到一家有老渔网的，他们也是因为舍不得，所以许多年来一直没丢，谈了半天，他们决定了价钱：

“二角三！”

二角三就是二千三百元的意思，我只听见城里市面上的生意人把一万说成一块，没想到在偏僻的八斗子也是这样说的。大家说到钱的时候，全都不当回事，总之是大家都有钱了，把一万元说成一块钱的时候，颇有那种偷偷地志得意满而又谦逊不露的劲头。

有一阵子，我的公交月票掉了，还没有补办好再买的手续以前，我只好每次买票，但是因为平时没养成那份习惯，每看见车来，很自然地跳上去了，等发现自己没有月票，已经人在车上了。

这种时候，车掌多半要我就便在车上跟其他乘客买票。我买了，但等我付钱时那些卖主竟然都说：“算了，不要钱了。”一次犹可，连着几次都是这样，使我着急起来，那么多好人，令人“无所逃于天地之间”。长此以往，我岂不成了“免费乘车良策”的发明人了，老是遇见好人也真是让人非常吃不消的事。

我的月票始终没去补办，不过却幸运地被捡到的人辗转寄回来了。我可以高高兴兴地不再受惠于人了——不过偶然想起随便在车

上都能遇见那么多肯“施惠于人”的好人，可见好人倒也不少，台北究竟还是个适合人住的地方。

在一家最大规模的公立医院里，看到一个牌子，忍不住笑了起来。那牌子上这样写着：“禁止停车，违者放气。”

我说不出地喜欢它！

老派的公家机关，总不免摆一下衙门脸，尽量在口气上过官瘾，碰到这种情形，不免要说“违者送警”或“违者法办”。

美国人比较干脆，只简简单单地两个大字“No Parking”——“勿停”。

但口气一简单就不免显得太硬。

还是“违者放气”好，不凶霸、不懦弱，一点不涉于官方口吻，而且憨直可爱，简直有点孩子气的作风，而且想来这办法绝对有效。有个朋友姓李，不晓得走路的习惯是偏于内八字或外八字，总之，他的鞋跟老是磨得内外侧不一样厚。

他偶然找到一个鞋匠，请他换鞋跟，很奇怪的，那鞋匠注视了一下，居然说：“不用换了，只要把左右互调一下就是了，反正你的两块鞋跟都还有一半是好用的！”

朋友大吃一惊，好心劝告他这样处处替顾客打算，哪里有钱赚，他却也理直气壮：

“该赚的才赚，不该赚的就不赚——这块鞋底明明还能用。”

朋友刮目相看，然后试探性地问他：

“为公家做了一辈子事，退了役还得补鞋，政府真对不起你。”

“什么？人人要这样一想还得了，其实只有我们对不起公家，公家哪有什么对不起我们的。”

朋友感动不已，嗫嗫嚅嚅地表示要送他一套旧西装（他真的怕会侮辱他），他倒也坦然接受了。

不知为什么，朋友说这故事给我听的时候，我也不觉得陌生，而且真切得有如今天早晨我才看过那老鞋匠似的。

有一次在急诊室看医生急救病人。病人已经昏迷了，氧气罩也没用了，医生狠劲地用一个类似皮球的东西往里面压缩氧气。

至少是呼吸系统有毛病。

两个医生轮流压，像打仗似的。

渐渐地，他清醒了，但仍说不出话来，医生只好不断发问来让他点头、摇头，大概问十几个问题才碰得上一个点头的答案。

他是在路上发病的，一个亲人也没有，送他来的是一个不相干的人。

后来发现他可以写字——虽然他眼睛一直是闭着的。

医生问他的病历，问他是不是服过某些成药，问他现在的感觉。忽然，那医生惊喜地叫了一声：

“写下去，写下去，再写！你写得真好——哎，你的字好漂亮。”

整个急救的过程，我都一面看一面佩服，但是当他用欢呼的声音去赞美那病人不成笔画的字的时候，我却为之感动得哽咽起来。

病人果真一路写下去。

也许那病人想起了什么，虽然闭着眼睛，躺在床上仰面而写，手是从生死边缘被救回来的颤抖不已的手——但还有人在赞美他的字！也许是颜体的，也许是柳体，也许什么都不是，只是一个活着的人写的字，可贵的是此刻他的字是“被赞美的字”。

那医生救人的技能来自课本，但他赞美病人的字迹却来自智慧和爱心，后者更足以使整个的急救室像殿堂一样地神圣肃穆起来。

有一位父执辈，颇有算八字的癖好。谁家有了刚生的孩子，他总要抢来时辰，免费服务一番——那是他难得练习的机会。

算久了，他倒有一个发现，现代孩子的命普遍都比老一辈好，他又去找同道证实，得到的结论也都一样，他于是很高兴，说：

“民族大运一定是好的了，要不是民族大运好，哪有那么多命好的孩子。”

我自己完全不知道八字是怎么一回事，但听到他的话仍不免欢欣雀跃，甚至肃然起敬——为那些一面在排着神秘的八字，一面又不忘忧心国是的人。

在澄清湖的小山上爬着，爬到顶，有点疑惑不知该走哪一条路回去，问道于路旁的一个老兵。

那人简直不会说话得出奇，他说：

“看到路——就走，看到路——就走，再看到路——再走，就到了。”

我心里摇头不已，怎么碰到这么呆的指路人！

赌气回头自己走，倒发现那人说得也没错，的确是“看到路——就走”，渐渐地，也能咀嚼出一点那人言语中的诗意来，天下事无非如此，“看到路——就走”，哪有什么一定的金科玉律，一部廿五史岂不是有路就走——没有路就开路，原来万物的事理是可以如此简单明了——简单明了得有如呆人的一句呆话。

西谚说，把幸运的人丢到河里，他都能口衔宝物而归。我大概也是幸运的人，生活在这座城里，虽也有种种倒霉事，但奇怪的是，我记得住的而且在心中把玩不已的全是这些可爱的片断！这些从生活的渊泽里捞起来的种种不尽的可爱。

这杯咖啡的温度刚好

咖啡的温度刚好。

那杯咖啡不用钱，因为是吃早餐附送的。

那早餐也不用钱，因为是住旅馆附送的。

旅馆在香港弥敦道上，旅馆倒是要钱的，但旅费却因为是顺道停留，所以也不算有费用。

为什么不算旅费呢？因为，反正从大陆回台湾是要住香港的，香港不留白不留，何况，我喜欢香港。

我照例住在弥敦道的一家天主教旅馆，每天一大早六点半，他们便提供欧式早餐。

也许出于错觉，我认为这家天主教旅馆的早餐有点修道院的意味。清晨和煦的曦光里，烤土司的焦香四溢。面包和奶油无限供应，肉类却是没有的。而最后那道咖啡，却又随你续杯。

那咖啡并不精致，但很醇正。我把奶水缓缓搅入，氤氲的浓雾一蓬蓬冒出白骨瓷的杯面，那种感觉对我而言居然就是，幸福。

这种幸福只发生在一两个礼拜的大陆旅行之后。在那里，咖啡不知为什么，硬是不对。

在长沙，最尊贵的芙蓉宾馆，端上来的咖啡就是咖啡，非常纯洁，纯洁到不给牛奶的程度（至于那“纯咖啡”的奇味，很有必要另加笔墨来形容，此处略过不表）。你要加奶水，可以，你必须为自己古怪的要求另外付钱。

喝咖啡，在举杯就口之际，喝的是一点点凝聚成一小盏的亦虚亦实的嗅觉和味觉。放下杯子以后，回味的是一点点窝心的感觉。

香港这间旅馆的餐厅设在六楼，我临窗而坐，望弥敦道上的十丈红尘。整个城市已优雅地醒来，电车、出租车、货车、行人，在弥敦道上秩序井然地穿梭。而我和这座城市的关系是友谊，不是爱情，所以可以静静地看着它，一点关怀，一点系念，一点会心，一点相会后又可以彼此远远游开的洒然。

咖啡的温度刚好。半分钟以前稍稍凉了一点，巡行的侍者适时又为我加上滚烫的，现在，又恢复了刚好。

捧着一杯实实在在、温温香香的咖啡，不知为什么，我仿佛是在火边烤干外衣的旅人，又可以站起来重新上路了。

咖啡总是和我站在一边。喝完咖啡，我立刻有一整个世界要拥抱（或者，抵抗）。但此刻，我只是静静地啜下那一小口感觉，咖啡

入口之际，我只想充分感知那温度，那香醇，那焦苦醇甘绵长柔密的力劲……

嗯，这是我东出阳关后的第一杯咖啡。而此刻，这杯咖啡的温度刚好。

林木篇

行道树

每天，每天，我都看见它们，它们是已经生了根的——在一片不适于生根的土地上。

有一天，一个炎热而忧郁的下午，我沿着人行道走着，在穿梭的人群中，听自己寂寞的足音，我又看到它们。忽然，我发现，在树的世界里，也有那样完整的语言。

我安静地站住，试着去了解它们所说的一则故事：

我们是一列树，立在城市的飞尘里。

许多朋友都说我们是不该站在这里的，其实这一点，我们知道得比谁都清楚。我们的家在山上，在不见天日的原始森林里。而我们居然站在这儿，站在这双线道的马路边，这无疑是一种堕落。我们的同伴都在吸露，都在玩凉凉的云。而我们呢？我们唯一的装饰，正如你所见的，是一身抖不落的煤烟。

是的，我们的命运被安排定了，在这个充满车辆与烟囱的工业城里，我们的存在只是一种悲凉的点缀。但你们尽可以节省下你们的同情心，因为，这种命运事实上也是我们自己选择的——否则我们不必在春天勤生绿叶，不必在夏日献出浓荫。神圣的事业总是痛苦的，但是，也唯有这种痛苦能把深度给予我们。

当夜来的时候，整个城市里都是繁弦急管，都是红灯绿酒。而我们在寂静里，我们在黑暗里，我们在不被了解的孤独里。但我们苦熬着把牙龈咬得酸疼，直等到朝霞的旗冉冉升起，我们就站成一列致敬——无论如何，我们这城市总得有一些人迎接太阳！如果别人都不迎接，我们就负责把光明迎来。

这时，或许有一个早起的孩子走了过来，贪婪地呼吸着鲜洁的空气，这就是我们最自豪的时刻了。是的，或许所有的人都早已习惯于污浊了，但我们仍然固执地制造着不被珍视的清新。

落雨的时分也许是我们最快乐的，雨水为我们带来故人的消息，在想象中又将我们带回那无忧的故林。我们就在雨里哭泣着，我们一直深爱着那里的生活——虽然我们放弃了它。

立在城市的飞尘里，我们是一列忧愁而又快乐的树。

故事说完了，四下寂然，一则既没有情节也没有穿插的故事，可是，我听到它们深深的叹息。我知道，那故事至少感动了它们自己。然后，我又听到另一声更深的叹息——我知道，那是我自己的。

枫

秋天，茜从日本来信说："能想象吗？满山满谷都是红叶，都是鲜丽欲燃的红叶。"

放下信，我摹想着，那是怎样的一座山呢？远看起来像一块剔透的鸡血石呢，还是像一抹醉眠的晚霞呢？

从来没有偏爱过红色，只是在清清冷冷的落叶季里，心中不免渴切地向往那一片有着热度的红。当满山红叶诗意地悬挂着，这是多少美丽的忧愁啊！

那种脆薄的、锯齿形的叶子也许并不是最漂亮的，但那憔悴中仍然殷红的脉络总使我想起殉道者的血，在苍凉的世纪里独自红着。

有一天，当我不得不离开我曾经热爱过的世界，我愿有一双手，为我栽两株枫树。春天来时，青绿的叶影里仍然蕴藏着使我痴迷过的诗意。秋天，在霜滑的晚上，干干的红色堆积得很厚，像是故人亲切的问候，从群山之外捎来。那时，我必定是很欣慰的。

愿意如那一树枫叶，在晨风中舒开我纯洁的浅碧，在夕照中燃烧我殷切的灿红。

白千层

在匆忙的校园里走着，忽然，我的脚步停了下来。

“白千层”，那个小木牌上这样写着。小木牌后面是一株很粗壮、很高大的树。它奇异的名字吸引着我，使我感动不已。

它必定已经生长很多年了，那种漠然的神色、孤高的气象，竟有些像白发斑驳的哲人了。

它有一种很特殊的树干，绵软的，细韧的，一层比一层更洁白动人。必定有许多坏孩子已经剥过它的干子了，那些伤痕很清楚地挂着。只是整个树干仍然挺立得笔直，在表皮被撕裂的地方显出第二层的白色，恍惚在向人说明一种深奥的意思。

一千层白色，一千层纯洁的心迹，这是一种怎样的哲学啊！冷酷的摧残从没有给它带来什么，所有的，只是让世人看到更深一层的坦诚罢了。在我们人类的森林里，是否也有这样一株树呢？

相思树

很小的时候就开始喜欢那一片细细碎碎的浓绿。每次坐在树下望天，那些刀形的小叶忽然在微风里活跃起来，像一些熙熙攘攘的船，航在青天的大海里，不用桨也不用楫，只是那样无所谓地漂浮着。

有时走到密密的相思林里，太阳的光屑细细地筛了下来，在看不见的枝丫间，有一只淘气的鸟儿在叫着。那时候就只想找一段粗粗的树根为枕，静静地借草而眠，并且猜测醒来的时候，阳光会堆积得多厚。

有一次，一位从乡间来的朋友提起相思树，他说：

“那是一种很致密的木材，烧过以后是最好的木炭呢，叫作相思炭。”

我望着他，因激动而沉默了。相思炭！怎样美好的名字，“化作焦炭也相思”，一种怎样的诗情啊！

以后，每次看见那细细密密的叶子，心里不知怎么总是深深地感动着。

每一棵树都是一个奇迹，不是吗？

梧　桐

其实，真正高大古老的梧桐木，我是没有见过的。

也许由于没有见过，它的身影在我心中便显得越发高大了。有时，打开窗子，面对着满山蓊郁的林木，我的眼睛便开始在那片翠绿中寻找一株完全不同的梧桐。可是，它不在那里。

想象中，它应该生长在冷冷的山阴里，孤独地望着蓝天，并且

试着用枝子去摩挲过往的白云。在离它不远的地方有山泉的细响，泠泠如一曲琴音。渐渐地，那些琴音嵌在它的年轮里，使得梧桐木成为最完美的音乐木材。

我没有听过梧桐所制的古琴，事实上，我们的时代也无法再出现一双操琴的手了。但想象中，那种空灵而缥缈的琴韵仍然从不可知的方向来了，并且在我梦的幽谷里低回着。

我又总是想起庄子所引以自喻的凤鸟鹓鹐，“夫鹓鹐，发于南海而飞于北海。非梧桐不止，非练实不食，非醴泉不饮”。

一想到那金羽的凤鸟，栖息在那高大的梧桐树上，我就无法不兴奋。当然，我也没有见过鹓鹐，但我却深深地爱着它，爱它那种非梧桐不止的高洁，那种不苟于乱世的逸风。

然而，何处是我可以栖止的梧桐呢？

它必定存在着，我想——虽然我至今还没有寻到它，但每当我的眼睛在窗外重重叠叠的峦嶂里搜索的时候，我就十分确切地相信，它必定正隐藏在某个湿冷的山阴里。在孤单的岁月中，在渴切的等待中，聆听着泉水的弦柱。

平视，也有美景

在香港，如果要约人相会，最好的见面地点似乎没什么可争议的，当然是高大醒目的汇丰银行。它离地铁近，是无人不知的地标。那天，我便和朋友约在那里见面，打算坐缆车上山去吃饭观景。汇丰银行唯一的缺点是范围太大，且因“人同此心”，在此处等人的人每以百计。假日期间菲佣袖聚，如同市集，所以有必要再指定一个小范围来碰头。

“铜狮子吧！”朋友建议，“面对银行右边的那一只。”

朋友细心，狮子照例是一对，如果不说明左右，到时候总有点令人心慌。

我早到了，路远，不容易控制时间，多出二十分钟便只好拿来四处打量人群。新雨初晴，万头攒动，港人是什么大风大浪都经过了，“上海汇丰银行”的盛名炳彪，比起新贵，它老牌多了。而那两只狮子威仪赫赫，是往昔的也是今日的荣耀。

我于香港，虽是身居过客时为多，但我在这里曾教过书，我的戏也在此演过。我且拥有这个地区的身份证，和汇丰提款卡，使我和她之间不免觉得有点两情缱绻起来。

铜狮子曾被多少双手摸过？它永远那么光滑润泽，摸它的人都心怀喜悦吧？它那么雄壮，却又那么驯良无害，每个人都可以一亲它那铜质的、清凉的肌肤。

来了一对情侣，在狮身前合照后离去。

来了一个小孩，被大人抱起，摸了一把狮毛，咯咯地笑着走了。

来了一个女子，细瘦郁悒，她轻轻地握了狮腿，面无表情地走开。

我站在一旁看，我想起西方中古世纪有一种“带状演戏”的方法（这不是学术名词，是我为了方便说明姑且用之的讲法）。那时代，有些野台戏的演法是让戏迷站在路旁，演员则站在车子上（有点像电子花车），车到定位便停下来演一段献给路边的戏迷看。然后车子开走，再然后下面会再开来一车，车上的演员会提供下一回合的剧情。如此一车车的情节串成悲欢离合，串成善恶报应，观众则在虚实幻设中喟叹、嬉笑、流泪……

我今也是站在银行前的定点上看众生演出、离去、演出、离去……的戏迷。

然后，我看到有个穿黑色唐装的老人扶杖走来。他慢慢地摸了狮头，又摸了狮座。

“咦，怎么有水？”他叫了一声。

“刚才下过一阵雨。”旁边回答他的年轻女子看来像他的女儿。我这才注意到，他是个瞎子。

“以前，我是看过铜狮子的！好久了！”他说。

啊，女儿真好，真贴心，只有女儿才会想到要带盲眼的父亲出来散心，并且来摸摸这铜狮子。

我要约的朋友来了，我们一起去排队坐缆车。不料等缆车的时候，又碰到这对父女。我的广东话虽不怎么样，却厚着脸皮去找那女孩搭话：“他是你什么人呀？”

“他是我爹地！”

“你真有心（这句话在粤语中有点等于体贴细致的意思），你爹地有你这样的女儿好福气！”

这时，朋友忽然对女孩说：“我看你有点面熟哩！”

“我看你也是呀！”女孩说。

两人终于对出来了，因为朋友是牧师，有时会去各教堂讲道，他们曾在教堂见过。

于是聊起来，知道他们从广东来香港三十年了，知道她爸爸是这些年失明的，知道这位身着黑色唐装的老人以前是读过中国古书的。

“会背好多文章和诗词歌赋呢！”女孩无限景仰地夸耀着，老人则温和地浅笑。

“你有这个女儿，好过人家好多仔（儿子）哩！”

老人一径微笑，用最谦逊的表情承认了他的骄傲。

到太平山坐缆车并赴山顶餐厅吃饭，一般人目的只有一个，便是俯瞰山下的千门万户和依依港湾——我不好意思问女孩，对于失明的父亲，这一切，不都浪费了吗？

然而，在缆车上，我闭上眼，揣摩盲人的世界，车子往上攀爬的时候，其实身体也是有感觉的。下了缆车，如鞭的山风自然跟平地是迥然不同的。盲人于风景既不能俯望也不能仰望，但当女儿牵着他手徐徐前行的时候，他会知道，自己就是令人羡慕的大好风景。

餐厅的人潮里我们走失了，但我知道，午餐的好味道他是嚼得出来的，而午后山径上的阳光，他也必然知道其好处在哪里。

不属于视觉的好东西其实也蛮多的，其中最好的一项当然便是女儿——一个笑语朗朗，半肩柔发，一路搀着父亲的好女儿。

下一次，下一次我如果再去汇丰总行，我会好好摸一下那只铜狮子。我会感知触摸的世界是如何清凉有致，感知世间曾有多少只手，各以他们一己的体温和指纹留下他们无言的故事。

登高俯瞰，原是许多城市常见的观光项目。如果你坐进旋转餐厅吃饭，你还可以看到整个三百六十度的“完全景观”，但我真正志之不忘的，其实只是在寻常的小街角，用平视的角度所看到的小人物，以及他们平凡而又庸常的父慈子孝。平视——不一定要仰视或俯视——也有美景。

一山昙华

“你们来晚了！”

我老是听到这句话。

旅行于世界各地，总是有热心的朋友跑来告诉你这句话。

于是，我知道，如果我去年就来，我可以赶上一场六十年来仅见的瑞雪。或者如果一个月前来，丁香花开如一片香海。或者十天以前来，有一场热闹的庙会。一星期以前来，正逢热气球大赛。三天以前是啤酒节……

开头的时候，听到这样的话，忍不住跌足叹息，自伤命苦。久了，也就认了。知道有些好事情，是上天赏给当地居民的。旅客如果碰上了，是万幸，碰不上，是理所当然。凭什么你把“花枝春满”“天心月圆”的好景都碰上了？

因此，我到夏威夷，听朋友说：“满山昙花都开了——好像是上个礼拜某个夜里。”心里也只觉坦然，一面促他带我们仍去看看，毕

竟花谢了山还在。

到得山边，不禁目瞪口呆，果真是满满一山仙人掌，果真每棵仙人掌都垂下一朵大大的枯萎的花苞。遥想上个礼拜千朵万朵深夜竞芳时，不知是如何热闹熙攘的局面。而此刻，我仿佛面对三千位后宫美女——三千位垂垂老去的美女，努力揣想她们当年如何风华正茂……

如果不是事先听友人说明，此刻我也未必能发现那些残花。花朵开时，如敲锣如打鼓，腾腾烈烈，声振数里，你想不发现也难。但花朵一旦萎谢，则枝柯间忽然幽阒如墓地，你只能从模糊的字迹里去辨认昔日的王侯将相、才子佳人。

此时此刻，说不憾恨是假的，我与这一山昙华，还未见面，就已诀别。

但对这种憾恨我却早已经“习惯”了，人本来就不是有权利看到每一道彩虹的。王羲之的兰亭雅集我没赶上，李白宴于春夜桃李园我也没赶上。就算我能逆时光隧道赶回一千多年前去参加，他们也必然因为我的女性身份而将我峻拒门外。是啊，不是所有的好事都是我可以碰上的，哥伦布去新大陆没带我同行，莎士比亚《李尔王》的首演日我没接到招待券。而地球的启动典礼，上帝也没让我去剪彩……反正，是好事，而被我错过的，可多着哪！这一山白灿灿的昙花又算什么！

我呆呆地站在山前，久久不忍离去。这一山残花虽成往事，但面对它们却可以容我驰无穷之想象，想一周前的某个深夜，满山花开如素烛千盏，整座山燃烧如月下的烛台，那夜可有人是知花之人？可有心是惜香之心？

凡眼睛无福看见的，只好用想象去追踪揣摩。凡鼻子不及嗅闻的，只好用想象去填充臆测。凡手指无缘接触的，也只得用想象去弥补假设——想象使我们无远弗届。

我曾淡忘无数目睹过的美景，反而牢牢记住了夏威夷岛上不曾见识过的一山昙华。这世间，究竟什么才叫拥有呢？

花盆的身世

窗台上放着个花盆，它本来是块石头，中间挖空了，周围加雕了六个人头，盆里养着常翠的叶子。

他——我的山地朋友，走进我的屋子，一眼就看到那个花盆。

“啊！”他平平静静地说，“这，是我师父雕的嘛！”

倒是我吓了一跳！

“这是我跟大头目买的，大头目是你师父？”

“是啊，我做雕刻就是跟他学的啊！”

“你怎么认出来的？”

“我一看就知道啊！”他说得轻松，仿佛这花盆是他弟弟，理所当然，他一眼就该认得。

“我看到这盆子的时候，盆里种着花，”我说，“我请大头目卖我，他不肯。可是我不忍走，一直蹲在地下看那花盆。他后来心软了，就把花改种到别的花盆里去，把这盆子卖给了我。”

他笑笑，淡淡的，看得出来他是喜悦的，但我忍不住奇怪，在离家近四百公里的大城里重逢师父的手泽，如果是我，一定会垂泪，一定要大呼小叫，或者，至少也要唏嘘感慨，为这个花盆的前生后世而情伤。

可是，他不同，他是一个健康的山地男子，他用自己健康的情感来看师父的作品。至于动不动就生“今昔之悲”，恐怕是出于汉民族特有的历史情怀吧！我想想，觉得他的反应其实也很好。再想想，我自己可能做的反应也不坏。

这以后，我似乎更珍惜那花盆，因为它除了是大头目的作品，又是“朋友的师父的作品”，简直有点“亲上加亲”的意味。于是，时不时地，我用喷雾器把石头花盆喷得潮潮润润的。我想骗骗那石头，让它误以为自己仍住在山上，仍然日日餐霞饮露，仍是一块含烟带雨的石头。

原载一九九二年七月八日《中国时报·人间副刊》

并不是在每一个日子想你，只是一切美丽的、深沉的、心中洞然如有所悟的刹那便是我想你的时刻了。

忽然有一天，我们就长大了，因为爱。

会不会有一天招人嫌？

有个朋友，我一直很感谢他。其实他只为我做过一件小事，但因为小事背后有份细心和体贴，我便不能忘记。

那天的场合是个画展，酒会上冠盖云集，大家拿着一杯鸡尾酒，言笑晏晏。有个稍有名头的女性民俗学家来找我说话，我静静地听，为了礼貌。三分钟过去了，五分钟过去了，十分钟也快过去了，这位朋友忽然快步过来，对着我说："啊，对不起，晓风，有件事，需要你过去一下。"

我向民俗学家告了罪，便随这位朋友去看看有什么事。

"什么事情呀？"我问。

"没事，"他说，"我只是看你被她缠上了，你脸皮又薄，不懂得脱身。你知道，人老了，嘴就碎，我不来救你，你一个钟头、两个钟头也逃不了。她那人就是那样子——也不是坏，但就是逮到人便不放。"

我吓得目瞪口呆，心想，还好，一方面总算逃过一劫，我对这位朋友“拔嘴相助”之情深铭不忘，但另一方面，我也不免为那寂寞的老学者悲哀，她必然是太缺少谈话的对象了，才会逮到人便说个不完。

人老了，友伴零落了，气力不济了，只剩下嘴。而这嘴，“吃”的功能也降低了，只能用它发挥“说”的功能（也是一种“出超”）。再加上耳朵不灵光，弄成“只说不听”的单向局面，难免惹人嫌。

“如果我老了，会不会沦为这样子？”我自问，心中惴揣。

最近又碰到一个满头白发的老女人，在一个名人的演讲会上。演讲结束后，她上前向名人致意，一面说：

“我写了几本书，打算送你，你告诉我你住在哪一家旅馆，我给你送去。”

“我——白天忙，都弄到很晚才回旅馆的。”名人说。

“没有关系，我晚上送去也可以。”

名人面有难色，但她看不出来，我打圆场说：

“不用麻烦了，他一切的事都交尔雅出版社料理，你只要寄到尔雅出版社，他们就会转交了。”

“你不懂！”她忽然有些生气，“凡是我寄的邮件，邮局都会弄掉，这种事发生好多次了。我每次寄出的书，事后问人家，人家都说没收到，我再不相信邮局了！我一定要自己亲手交到才算！”

可是，名人怎么可以把下榻的旅馆告诉人呢？她是真不懂，还

是觉得自己十分了不起，所以是个例外？

我甚至怀疑她寄赠的书所以一再“掉了”，恐怕是因为人家不爱看她的书，又不便说真话，只好骗她说没收到，否则为什么那么巧？偏她的书老是掉。

其实，讨厌的人不止是老人，年轻人也不见得就不讨人厌，但年轻人还可以说是因为年纪小，不懂事，老人犯错就无可原谅了。不幸的是人都会老，老了会不会变成招嫌惹厌的怪物？除了自惕复自惕之外，我也想不出什么好办法了。

第三章 想你的时候

忽然有一天，我们就长大了，因为爱。去知道明天的风雨已经不重要了，执手处张发可以为风帜，高歌时，何妨倾山雨入盏，风雨于是不重要了，重要的是找一方共同承风挡雨的肩。

想你的时候
——寄亡友恩佩

轳辘在转，一团湿泥在我手里渐渐成形。陶艺教室里，大家各自凝神于自己转盘上那一块混沌初开的宇宙，五月的阳光安详而如有所待，碌碌砸砸的声浪里竟有一份喧哗的沉静。

这件事，我一直没有告诉你，我在学陶，或者说，我在玩泥巴，我想做一个小小的东西，带去放在你的案头，想必是一番惊喜。但是，你终于走了，我竟始终没有能让你知道这样微不足道的一项秘密。

一只小钵子做好了，我把它放在高高的架子上，等着几天以后它干了再来修坯。我痴坐失神，窗外小巷子里，阳光如釉，天地岂不也是这样一只在旋转后成形的泥钵吗?

到而今，“有所赠”和“无所赠”对你已是一样的了，死亡究竟是怎么一回事呢?

其实，相知如此，我也并不是成天想着你的。但此刻，泥土的感觉仍留在指间，神秘的成形过程让人想到彩陶和黑陶的历史岁月，甚至想到天地乍创，到处一片新泥气息的太初。这一刻，我知道，注定了是想你的时候。

想你的一生行迹也是如此，柔弱如湿土，不坚持什么，却有其惊人的韧度。卑微如软泥，甘愿受大化的揉搓捣练和挖空而终至成形成器。十九岁，患上淋巴癌，此后却能活上四分之一个世纪，有用不完的耐力，倾不完的爱。想故事中的黄土抟人应是造人的初步，而既得人身，其后的一言一行、一关心一系情岂不也是被一只神秘的手所拉坯成形？

人生在世，也无非等于一间轳辘声运转不息的陶艺教室啊！

想你，在此刻。

泰国北部清莱省一个叫联华新村的小山村，住着一些来自云南的中国难民。

白天，看完村人的病，夜晚，躺在小木屋里。吹灭油灯的时候，马教士特意说："晚安，你留意看，熄灯以后满屋子都是萤火虫呢！"

吹灯一看，果然如此，我惊讶起坐，恋恋地望着满屋子的闪烁，竟不忍再睡。

比流星多芒，流星一闪而陨灭，萤光据说却是求偶的讯号，那样安静的传情啊。

比群星灿然，因为萤光中多一分绿意，仿佛是穿过草原的时候

不小心染绿的。

我拥被而坐，看着那些光点上下飘忽，心中又是欢喜，又是怅然。

想人生一世，这曾经惊过、惧过、喜过、怒过、情过、欲过、悲过、痛过的身子，到头来也是磷火莹碧，有如此虫吧？我今以旅人之身，在遥远异域的长夜里看萤度熠耀，百年后，又是谁在荒烟蔓草间看我骨中的萤焰呢？

这样的时刻，切心切意想起的，也总是你。

如果你仍在世，萤火虫的奇遇当足以使你神驰意远。如果你也知道这小小的贫瘠的山村，山村中流离的中国人，你会与我同声一哭。而今呢？大悲恸与大惊喜相激如潮生的夜里，感觉与你如此相近而又如此相远，相近是因二十年的缘分，相远是因为想不明白死者离世以后的情怀。

在受迫害时期，大陆的基督徒有一首流传的诗，常令我泪下，其中一段这样说：

天上虽有无比荣耀的冠冕
但无十字架可以顺从
它为我们所受一切的碾磨
在地，才能与它沟通（原文作交通）
进入“安息”就再寻不到“渡境”

再无机会为它受苦

再也不能为它经过何试炼

再为它舍弃何幸福

是不是只有此生此世有眼泪呢？此时此际，如果你我拨云相望，对视的会皆成泪眼吗？如果天上有泪，你必为此异域孤孑而同悲吧！

如果天上无泪，且让我在有生之年把此民族大恸一世洒尽，也不枉了这一双流泉似的眼睛！

檀香扇总让我想起你，因为它的典雅芳馨。

有一年夏天，行经芝加哥，有一个女孩匆匆塞给我一柄扇子，就在人群中消失了。

回去打开一看，是一柄深色的镂花檀香扇。我本不喜欢拥有这种精致的东西，但因为总记得陌生的赠者当时的眼神，所以常带着它，在酷热的时候为自己制造一小片香土。

但今夏每次摇起细细香风的时候，我就怅怅地想起你。

那时候，你初来台湾不久，住在我家里。有一天下午，你跑到我房间来，神秘兮兮地要我闭上眼睛，然后摇起你心爱的檀香扇："你猜，这是什么？"

"不知道。"我抵赖，不肯说。

"你看，你看，苏州的檀香扇，好细的刻工，是不是？"

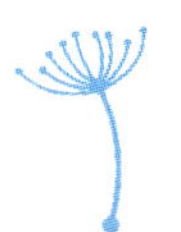

我当时不太搭理你，虽然心里也着实喜欢两个女孩在闺中的稚气，但我和你不一样，你在香港长大，拿英国护照，对原乡有一分浪漫的幻想，而我一直在中国的土地上长大，并且刚从中文系毕业，什么是中国，什么不是中国，常令我苦思焦虑，至今不得其解，几乎一提这问题我就要神经质起来。

喜欢你穿旗袍的样子，喜欢你轻摇檀香扇，喜欢你悄悄地读一首小词的神情，因为那里面全是虔诚。

而我的中国被烙铁烙过、被污水漫过，又圣洁又烂脓，又崇伟又残破，被祝福亦被诅咒，是天堂亦是地狱，有远景亦有绝望。我对中国的情绪太复杂，说不清楚也不打算把它说清楚。

有些地方，我们是同中有异的。

但此刻长夏悠悠，我情怯地举起香扇，心中简简单单地想起那年夏天，想起你常去买一朵橙红色的玫瑰，放在小锡瓶里，孤单而芳香。想你轻轻地摇扇，想你口中叨叨念念的原乡。檀木的气味又温柔又郁然，而你总在那里，在一阵香风的回顾里。

假日公寓楼下的小公园，一大群孩子在玩躲猫猫的游戏。照例被派定做“鬼”的那一个要用手帕蒙上眼睛，口里念念有词地数着数目。他的朋友有的躲在树上，有的藏在花间。他念完了数目，猛然一张眼，所有的孩子都消失了，四下竟一个人也没有。

我凭窗俯视园中游戏的小孩，不禁眼湿，我多像那孩子啊！每当夜深，灯下回顾，亡友音容杳然，怎么只在我一蒙眼的瞬间，他们就全消逝了呢？

然而，楼下那孩子却霸道地大笑起来：“哈，王 ××，你别躲了，我看见了，你在花里！”

我也辗然一笑，我的朋友啊，我看不见你，却知道你在哪里，或在花香，或在翠荫，或在一行诗的遐思。生死是一场大型的躲迷藏啊，看不见的并不是不存在，当一场孩童的游戏乍然结束，我们将相视而喜。

并不是在每一个日子想你，只是一切美丽的、深沉的、心中洞然如有所悟的刹那便是我想你的时刻了。

星 约

一 上一次

是因为期待吗？整个天空竟变得介乎可信赖与不可信赖之间，而我，我介乎悟道的高僧与焦虑的狂徒之际。

七十六年才一次啊！

“运气特别不好！”男孩说，“两千年来，这次哈雷是最不亮的一次！上一次，嘿，上一次它的尾巴拖过半个天空哩！”

男孩十七岁，七十六年后他九十三。下一次，下一次他有幸和他的孩子并肩看星吗，像我们此刻？

至于上一次，男孩，上一次你在哪里，我在哪里，我的母亲又复在哪里？连民国亦尚在胎动。爽飒的鉴湖女侠墓草已长，黄兴的手指尚完好，七十二烈士的头颅尚在担风挑雨的肩上寄存。血在腔中呼啸，剑在壁上狂吟，白衣少年策马行过漠漠大野。那一年，就是那一年啊，彗星当空挥洒，仿佛日月星辰全是定位的镂刻的字模，唯独它，是长空里一气呵成的行草。

那一年，上一次，我们不在，但——知道。有如一场宴会，我们迟了，没赶上，却见茶气氤氲，席次犹温，一代仁人志士的呼吸如大风盘旋谷中，向我们招呼，我们来迟了，没有看到那一代的风华。但一九一〇我们是知道的，在武昌起义和黄花岗之前的那一年我们是感念而熟知的。

二 初 识

还有，最初的那一次，（其实怎能说是最初呢，只能说是最初的记载罢了，只能说是不甚认识的初识罢了。）这美丽得使人惊惶的天象，正是以美丽的方块字记录的。在秦始皇的年代，“七年，彗星先出于东方，见北方……五月，见西方……”秦代的资料，是以委婉的小篆体记录的吧？

而那时候，我们在哪里？易水既寒，群书成焚灰，博浪沙的大椎打中副车，黄石老人在桥头等待一位肯为人拾鞋的亢奋少年，伏生正急急地咽下满腹经书，以便将来有朝一日再复缓缓吐出，万里长城开始一尺一尺垒高、垒远……忙乱的年代啊，大悲伤亦大奋发

的岁月啊，而那时候，我们在哪里？我们在哪里？

三　有所期

我们在今夜，以及今夜的期待里。以及，因期待而生的焦灼里。

不要有所期有所待，这样，你便不会忧伤。

不要有所系有所思，否则，你便成不赦的囚徒。

不要企图攫取，妄想拥有，除非，你已预先洞悉人世的虚空。

然而，男孩啊，我们要听取这样的劝告吗？长途役役，我们有如一个罗盘上的指针，因神秘的磁场牵引而不安而颤抖，而在每一步颠簸中敏感地寻找自己和整个天地的位置，但世上的磁针有哪一根因这种种劫难而后悔而愿意自绝于磁场的骚动呢？

四　咒　诅

如果有人告诉我彗星是一场祸殃，我也是相信的。凡美丽的东西，总深具危险性，像生命。奇怪，离童年越远，我越是想起那只青蛙的童话：

有一个王子，不知为什么，受了魔法的诅咒，变成了青蛙。青蛙守在井底，他没有为这大悲痛哭泣，但他却听到了哭泣的声音，那一定来自小悲痛、小凄怆吧？大痛是无泪的啊！谁哭呢？一个小女孩。为什么哭呢？为一只失落的球。幸福的小公主啊，他暗自叹息起来，她最响亮的号啕竟只为一只小球吗？于是，他为她落井捡球。然后，她依照契约做了他的朋友，她让青蛙在餐桌上有一席之地，她给了他关爱和友谊，于是青蛙恢复了王子之身。

生命是一场受过巫法的大咒诅，注定朽腐，注定死亡，注定扭曲变形。然而，我们活了下来，活得像一只井底青蛙，受制于窄窄的空间，受制于匆匆一夏的时间。而他等着，等一份关爱来破此魔法和咒诅。一瞬柔和的眼神已足以破解最凶恶的毒咒啊！

如果哈雷是祸殃，又有什么可悸可怖？我们的生命本身岂不是更大的祸殃吗？然而，然而我们不是一直相信生命是一场充满祝福的诅咒，一枚有着苦蒂的甜瓜，一条布满陷阱的坦途吗？

我不畏惧哈雷，以及它在传说中足以压住人的华灿和美丽。即使美如一场祸殃，我也不会因而畏惧它多于一场生命。

五 暂 时

缸里的荷花谢尽，浮萍潜伏，十二月的屋顶寂然。男孩一手拿着手电筒，一手拿着星象图，颈子上挂着望远镜。

“哈雷在哪里？”我问。

“你怎么这么‘势利眼’，”男孩居然愤愤地教训起我来，“满天的星星哪一颗不漂亮，你为什么只肯看哈雷？”

淡淡的弦月下，阳台黝黑，男孩身高一米八四。我抬头看他，想起那首《日升日沉》的歌：

这就是我一手带大的小女孩吗？

这就是那玩游戏的小男孩吗？

是什么时候长大的呀？——他们

“看那颗天狼星，冬天的晚上就数它最亮，蓝汪汪的，对不对？它的光等是负一点四，你喜欢了，是不是？没有女人不喜欢天狼，它太像钻石了。”

我在黑夜中窃笑起来，男孩啊——

付这座公寓订金的时候，我曾惴惴然站在此处，揣想在这小小的舞台上，将有我人世怎样的演出？男孩啊，你在这屋子中成形，你在此听第一篇故事，念第一首唐诗，而当年伫立痴想的时候，我从来不曾想到你会在此和我谈天狼星！

“蓝光的星是年轻的星，星光发红就老了。”男孩说。

星星也有生老病死啊？星星也有它的情劫和磨难啊？

“一颗流星。”男孩说。

我也看见了，它钢截利落，如钻石划过墨黑的玻璃。

“你许了愿？”

“许了。你呢？”

“没有。”

怎么解释呢？怎样把话说清楚呢？我仍有愿望，但重重愿望连我自己静坐以思的时候对着自己都说不清楚，又如何对着流星说呢？

“那是北极星——不过它担任北极星其实也是暂时的。”

“暂时？”

“对，等二十万年以后，就是大熊星来做北极星了，不过二十万年以后大熊星座的组合位置有点改变。”

暂时担任北极星二十万年？我了解自己每次面对星空的悲怆失措甚至微愠了，不公平啊，可是跟谁去争辩，跟谁去抗议？

“别的星星的组合形态也会变吗？”

“会，但是我们只谈那些亮的星，不亮的星通常就是远的星，我们就不管它们了。”

“什么叫亮的？”

“光度总要在一等左右，像猎户星座里最亮的，我们中国人叫它参宿七的那一颗，就是零点一等，织女星更亮，是零度。太阳最亮，是负二十六等……”

六　“光的单位”

奇怪啊，印度人以“克拉”计钻石，愈大的钻石克拉愈多。希腊人以“光等”计星亮，愈亮的星“光等”反而愈少，最后竟至于少成负数了。

“古希腊人为什么这么奇怪呢？为什么他们用这种方法来计算光呢？我觉得‘光度’好像指‘无我的程度’，‘我执’愈少，光源愈透，‘我’愈强，光愈暗。”

“没有那么复杂吧？只是希腊人就是这样计算的。”

我于是躺在木凳上发愣，希腊人真是不可思议，满天空都成了他们的故事布局。星空于他们竟是一整棚累累下垂的葡萄串，随时可摘可食，连每一粒葡萄晶莹的程度他们也都计算好了。

七　猎户在天

几年前的一个星夜，我们站在各种光等的星星下。

“猎户在天——”我说。

“《诗经》的句子吧？”女友问。

“怎么会？也不想想猎户星座是希腊名词啊！”

她大笑起来，她是被我的句型骗了，何况她是诗人，一向不讲理的，只是最后连我自己也恍惚起来，真的很像《诗经》里的句子呢！我们有点在装迷糊吗？为什么每看到好东西，我们就把它故意误认为是中国的？

猎户是一组美丽的星，宽宏的肩，长挺的腿，巧饰的腰带和腰带下的腰刀，旁边还有一只野兔呢！然而，这漂亮的猎者是谁呢？是始终在奔驰、在追索、在欲求的世人吗？不知道啊，但他那样俊朗，把一个形象从古希腊至今维系了三千年，我不禁肃然。

“看到腰带下的小腰刀吗？腰刀是三颗直排的星组成的，中间的那一颗你用望远镜仔细看，是一大团星云，它距离我们只不过一千五百光年而已。”

“一千五百年！是唐朝吗？”

“是南北朝。”

早于秾艳的李义山，早于狂歌的李白、沉郁的杜甫以及凿破大地的隋炀帝。南北朝，南北朝又复为何世呢？对那一整个年代，我所记得的只有北魏的石雕，悠悠青石，刻成了清明实在的眉目。今夕的星光就是当年大匠举斧加石的年代发出的，历劫的星光则今夕始来赴我双目的天池。

猎户星座啊！

八　见与不见

我其实是要看哈雷的，但哈雷不现，我只看到云。我终于对云感到抱歉了——这是不公平的，我渴望哈雷是因它稍纵即逝，然而云呢？云又岂是永恒的？此云曾是彼水，彼水曾是泉、曾是溪，曾是河、曾是海，曾是花上晓露眼中横波，曾是禾田间的汗水，曾是化碧前的赤血，壮士沙场之际的一杯酒是它，赵州说法时的半杯茶也是它。然而，我竟以为云只是云，我竟以为今日之云同于昨日之云，云不也跟哈雷一样是周而复始，迂回往来的吗？

我不断地向自己解释，劝自己好好看一朵云，那其间亦自有千古因缘，然而我依旧悲伤且不甘心，为什么这是一片灯网交织的城？且长年有着厚云层。为什么不让我今生今世看见一次哈雷！

“奇怪啊，神话只属于古代，至于我们的年代只有新闻，而且多是报道不实的，为什么？”

黑暗中，男孩看我，叹了一口气，他半年前交了一篇历史课的读书报告，题目便是《中国神话的研究》，得分九十五。曾经统御过所有的英雄和巨灵，辉耀了整个日月星辰的神话，此刻已老，并且沦为一个中学生的读书报告。

在一个接一个的冬夜里，我惋叹跌足，并且生自己的气，气自己被渴望折磨，神话里的夸父就是渴死的，我要小心一点才行。所以悲伤时，我总是想哈雷先生（哈雷彗星以他的名字来命名），以及他亦悲亦喜的一生。他在二十六岁那年惊见彗星，此后他用许多年来研究，相信彗星会在自己一百零二岁时再现。看过彗星以后，他又活了一甲子，死于八十六岁，像一个放榜前殁世的考生，无从证实自己的成绩。那哈雷死时是怎样想的呢？我猜想他的心情正像一个孩子，打算在圣诞夜彻夜不眠，好看到圣诞老公公如何滑下烟囱，放下礼物。然而，他困了，撑不住了，兴奋消失，他开始模糊了，心里却是不甘心的，嘴里说着半真半呓的叮咛：

“父亲，等下圣诞老人来的时候，一定要叫我喔！我要摸摸他的胡子！”

哈雷说的话想来也类似：

“造物啊，我熬不住了，我要睡了，你帮我看好，好吗？十六年后，它会来的，我先睡，你到时候要叫我一声哟！”

生当清平昌大之盛世，结交一时之俊彦如牛顿，能于切磋琢磨中发天地之微，知宇宙之数，哈雷的平生际遇也算幸运了。然而，肉体的贮瓶终于要面临大朽坏的——并不因其间贮注的是大智慧而有异，只是大限来时，他是否有憾呢？

寒星如一片冰心的冬夜，我反复自问：

哈雷生平到底看过彗星重现吗？若说看见了，他事实上在星现

前十六年已经死了，若说未见，他却是见的，正如围棋高手早在几小时以前预见胜负，一步步行去的每一着履痕他们都有如亲睹。

大军事家、大政治家、大科学家都是在不见处先见未明时先明的啊！

那么，我呢？我算不算看过那彗星的人呢？假设有盲者，站在凄凄长夜里，感知天空某一角落有灿然的光体如甩动的火把，算不算看到了呢？如果他倾耳辨听天河淙淙，如果他在安静中若闻哈雷的跳跃，像一只河畔的蚱蜢，蹦去又蹦回，他算不算看到了呢？而我，当我在金牛座昴星团中寻它，当我在白羊和双鱼座中寻它千百度、思它千百度，我算不算看到它了呢？在无所视无所听无所触无所嗅的隔离中，我们可以仅仅凭信心念力去承认去体会身在云后的它吗？

九　我已践约

又一颗流星划过天空，天空割裂，但立刻拢合，造物的大诡秘仍然不得窥见。这不知名的星从此化为光尘，也许最后剩一小块陨石，落到地球上，被人捡起，放在陈列室里。像一部写坏了的爱情小说，光华消失，飞腾不见，只留下硬硬的纹理。

夜空有千亩神话万顷传奇，有流星表演的冰上芭蕾——万古乾坤只在此半秒钟演出。以此肉身，以此肉眼来面对他们，这种不公平的对决总使我心情大乱，悲喜无常。哈雷会来吗？原谅我的急躁，我和男孩有缘得窥七十六年一临的奇景吗？如果能，我为此感激，如果不能，让我感激朝朝来临的太阳，月月重圆的月亮，以及至七夕最凄丽的织女，于冬月亦明艳的猎户。我已践约，今夜，以及此生，哈雷也没有失约，但云横雾亘，我不能表示异议。

如果我不曾谢恩，此刻，为茫茫大荒中一小块荷花缸旁的立脚位置，为犹明的双眸，为未熄的渴望，为身旁高大的教我看星的男孩，为能见到的以及未能见到的，为能拥有的以及不能拥有的，为悲为喜，为悟为不悟，为已度的和未度的岁月，我，正式致谢。

不朽的失眠
——写给没考好的考生

他落榜了！一千二百年前。榜纸那么大那么长，然而，就是没有他的名字。啊！竟单单容不下他的名字“张继”那两个字。

考中的人，姓名一笔一画写在榜单上，天下皆知。奇怪的是，在他的感觉里，考不上，才更是天下皆知。这件事，令他羞惭、沮丧。

离开京城吧！议好了价，他踏上小舟。本来预期的情节不是这样的，本来也许有插花游街、马蹄轻疾的风流，有衣锦还乡袍笏加身的荣耀。然而，寒窗十年，虽有他的悬梁刺股，琼林宴上，却并没有他的一角席次。

船行似风。

江枫如火，在岸上举着冷冷的爝焰。这天黄昏，船，来到了苏州。但，这美丽的古城，对张继而言，也无非是另一个触动愁情的地方。

如果说白天有什么该做的事，对一个读书人而言，就是读书吧！夜晚呢？夜晚该睡觉以便养足精神第二天再读。然而，今夜是一个忧伤的夜晚。今夜，在异乡，在江畔，在秋冷雁高的季节，容许一个落魄的士子放肆他的忧伤。江水，可以无限度地收纳古往今来一切不顺遂之人的泪水。

这样的夜晚，残酷地坐着，亲自听自己的心正被什么东西啮食而一分一分消失的声音，并且眼睁睁地看自己的生命如劲风中的残灯，所有的力气都花在抗拒，油快尽了，微火每一刹那都可能熄灭。然而，可恨的是，终其一生，它都不曾华美灿烂过啊！

江水睡了，船睡了，船家睡了，岸上的人也睡了。唯有他，张继，醒着，夜愈深，愈清醒，清醒如败叶落余的枯树，似梁燕飞去的空巢。

起先，是睡眠排拒了他（也罢，这半生，不是处处都遭排拒吗？）而后，是他在赌气，好，无眠就无眠，长夜独醒，就干脆彻底来为自己验伤，有何不可？

月亮西斜了，一副意兴阑珊的样子。有乌啼，粗嗄嘶哑，是乌鸦。那月亮被他一声声叫得更黯淡了。江岸上，想已霜结千草。夜空里，星子亦如清霜，一粒粒冷绝凄绝。

在须角在眉梢，他感觉，似乎也森然生凉，那阴阴不怀好意的凉气啊，正等待凝成早秋的霜花，来贴缀他惨绿少年的容颜。

江上渔火二三，他们在干什么？在捕鱼吧？或者，虾？他们也

会有撒空网的时候吗？世路艰辛啊！即使潇洒的捕鱼人，也不免投身在风波里吧？

然而，能辛苦工作，也是一种幸福呢！今夜，月自光其光，霜自冷其冷，安心的人在安眠，工作的人去工作。只有我张继，是天不管地不收的一个，是既没有权利去工作，也没福气去睡眠的一个……

钟声响了，这奇怪的深夜的寒山寺钟声。一般寺庙，都是暮鼓晨钟，寒山寺却敲“夜半钟”，用以警世。钟声贴着水面传来，在别人，那声音只是睡梦中模糊的衬底音乐。在他，却一记一记都撞击在心坎上，正中要害。钟声那么美丽，但钟自己到底是痛还是不痛呢？

既然无眠，他推枕而起，摸黑写下“枫桥夜泊”四字。然后，就把其余二十八个字照抄下来。我说“照抄”，是因为那二十八个字在他心底已像白墙上的黑字一样分明凸显：

月落乌啼霜满天
江枫渔火对愁眠
姑苏城外寒山寺
夜半钟声到客船

感谢上苍，如果没有落第的张继，诗的历史上便少了一首好诗，我们的某一种心情，就没有人来为我们一语道破。

一千二百年过去了，那张长长的榜单上（就是张继挤不进去的那纸金榜）曾经出现过的状元是谁？哈！谁管他是谁？真正被记得的名字是“落第者张继”。有人会记得那一届状元披红游街的盛景吗？不！我们只记得秋夜的客船上那个失意的人，以及他那场不朽的失眠。

爱情篇

两　岸

我们总是聚少离多，如两岸。

如两岸——只因我们之间恒流着一条莽莽苍苍的河。我们太爱那条河，太爱太爱，以致竟然把自己站成了岸。

站成了岸，我爱，没有人勉强我们，我们自己把自己站成了岸。

春天的时候，我爱，杨柳将此岸绿遍，漂亮的绿绦子潜身于同色调的绿波里，缓缓地向彼岸游去。河中有萍，河中有藻，河中有云影天光，仍是《国风·关雎》篇的河啊，而我一径向你泅去。

我向你泅去，我正遇见你，向我泅来——以同样柔和的柳条。我们在河心相遇，我们的千丝万绪秘密地牵起手来，在河底。

只因为这世上有河，因此就必须有两岸以及两岸的绿杨堤。我不知我们为什么只因坚持要一条河，而竟把自己矗立成两岸，岁岁年年相向而绿，任地老天荒。我们合力撑住一条河，死命地呵护那千里烟波。

两岸总是有相同的风，相同的雨，相同的水位。酢浆草匀分给两岸相等的红，鸟翼点给两岸同样的白，而秋来蒹葭露冷，给我们以相似的苍凉。

蓦然发现，原来我们同属一块大地。

纵然被河道凿开，对峙，却不曾分离。

年年春来时，在温柔得令人心疼的三月，我们忍不住伸出手臂，在河底秘密地挽起。

定义及命运

年轻的时候，怎么会那么傻呢？

对“人”的定义，对“爱”的定义，对“生活”的定义，对莫明其妙的刚听到的一个“哲学名词”的定义……

那时候，老是郑重其事地把左掌右掌看了又看，或者，从一条曲曲折折的感情线，估计着感情的河道是否决堤。有时，又正经地把一张脸交给一个人，从鼻山眼水中，去窥探一生的风光。

奇怪，年轻的时候，怎么什么都想知道？定义，以及命运。年轻的时候，怎么就没有想到过，人原来也可以有权不知不识而大剌剌地活下去。

忽然有一天，我们就长大了，因为爱。

想知道明天的风雨已经不重要了，执手处张发可以为风帜，高歌时，何妨倾山雨入盏，风雨于是不重要了，重要的是找一方共同承风挡雨的肩。

忽然有一天，我们把所背的定义全忘了，我们遗失了登山指南，我们甚至忘了自己，忘了那一切，只因我们已登山，并且结庐于一弯溪谷。千泉引来千月，万窍邀来万风，无边的庄严中，我们也自庄严起来。

而长年地携手，我们已彼此把掌纹叠印在对方的掌纹上。我们的眉因为同蹙同展而衔接为同一个名字的山脉，我们的眼因为相同的视线而映出为连波一片，怎样的看相者才能看明白这样的两双手的天机，怎样的预言家才能说清楚这样两张脸的命运？蔷薇几曾有定义，白云何所谓其命运，谁又见过为劈头迎来的巨石而焦灼的流水？

怎么会那么傻呢，年轻的时候。

从　俗

当我们相爱——在开头的时候——我们觉得自己清雅飞逸，仿佛有一个新我，自旧我中飘然游离而出。

当我们相爱时，我们从每一寸皮肤、每一缕思维伸出触角，要去探索这个世界，拥抱这个世界，我们开始相信自己的不凡。

相爱的人未必要朝朝暮暮相守在一起——在小说里都是这样说的，小说里的男人和女人一眨眼便已暮年，而他们始终没有生活在一起，他们留给我们的是凄美的回忆。

但我们是活生生的人，我们不是小说，我们要朝朝暮暮，我们要活在同一个时间，我们要活在同一个空间，我们要相厮相守，相牵相挂，于是我们放弃飞腾，回到人间，和一切庸俗的人同其庸俗。

如果相爱的结果是使我们平凡，让我们平凡。

如果爱情的历程是让我们由纵横行空的天马变而为忍辱负重行向一路崎岖的承载驾马，让我们接受。

如果爱情的轨迹总是把云霄之上的金童玉女贬为人间烟火中的匹妇匹夫，让我们甘心。

我们只有这一生，这是我们唯一的筹码，我们要合在一起下注。

我们只有这一生，这是我们唯一的戏码，我们要同台演出。

于是，我们要了婚姻。

于是，我们经营起一个巢，栖守其间。

有厨房，有餐厅，那里有我们一饮一啄的牵情。

有客厅，那里有我们共同的朋友以及他们的高谈阔论。

有兼为书房的卧房，各人的书站在各人的书架里，但书架相衔，矗立成壁，连我们那些完全不同类的书也在声气相求。

有孩子的房间，夜夜等着我们去为一双娇儿痴女念故事，并且

我们只有这一生，这是我们唯一的筹码，我们要合在一起下注。我们只有这一生，这是我们唯一的戏码，我们要同台演出。

爱一个人就是在他的头衔、地位、学历、经历、善行、劣迹之外，看出真正的他不过是个孩子——好孩子或坏孩子，所以疼了他。

盖他们老是踢掉的棉被。

至于我们曾订下的山之盟呢？我们所渴望的水之约呢？让它等一等，我们总有一天会去的，但现在，我们已选择了从俗。

贴向生活，贴向平凡，山林可以是公寓，电铃可以是诗，让我们且来从俗。

一个女人的爱情观

忽然发现自己的爱情观很土气，忍不住笑了起来。

对我而言，爱一个人就是满心满意地要跟他一起“过日子”，天地鸿蒙荒凉，我们不能妄想把自己扩充为六合八方的空间，只希望以彼此的火烬把属于两个人的一世时间填满。

客居岁月，暮色里归来，看见有人当街亲热，竟也视若无睹，但每看到一对人手牵手提着一把青菜、一条鱼从菜场走出来，一颗心就忍不住恻恻地痛了起来，一蔬一饭里的天长地久原是如此味永难言啊！相拥的那一对也许今晚就分手，但一鼎一镬里却有其朝朝暮暮的恩情啊！

爱一个人原来就只是在冰箱里为他留一只苹果，并且等他归来。

爱一个人就是在寒冷的夜里不断在他的杯子里斟上刚沸的热水。

爱一个人就是喜欢两个人一起收尽桌上的残肴，并且听他在水槽里刷碗的音乐——事后再偷偷把他不曾洗干净的地方重洗一遍。

爱一个人就有权利霸道地说：“不要穿那件衣服，难看死了，穿这件，这是我新给你买的。”

爱一个人就是一本正经地催他去工作，却又忍不住躲在他身后想捣几次小小的蛋。

爱一个人就是在拨通电话时忽然不知道要说什么，才知道原来只是想听听那熟悉的声音，原来真正想拨通的，只是自己心底的一根弦。

爱一个人就是把他的信藏在皮包里，一日拿出来看几回、哭几回、痴想几回。

爱一个人就是在他迟归时想上一千种坏的可能，在想象中经历万般劫难，发誓等他回来要好好罚他，一旦见面却又什么都忘了。

爱一个人就是在众人暗骂：“讨厌！谁在咳嗽！”你却急道：“唉，唉，他这人就是记性差啊，我该买一瓶川贝枇杷膏放在他的背包里的！”

爱一个人就是上一刻钟想把美丽的恋情像冬季的松鼠秘藏坚果一般，将之一一放在最隐秘、最安妥的树洞里，下一刻钟却又想告诉全世界这骄傲自豪的消息。

爱一个人就是在他的头衔、地位、学历、经历、善行、劣迹之外，看出真正的他不过是个孩子——好孩子或坏孩子，所以疼了他。

也因此，爱一个人就喜欢听他儿时的故事，喜欢听他有几次大难不死，听他如何淘气惹厌、怎样善于玩弹珠或打“水漂漂”，爱一个人就是忍不住替他记住了许多往事。

爱一个人就不免希望自己更美丽，希望自己被记得，希望自己的容颜、体貌在极盛时于对方如霞光过目，永不相忘，即使在繁花谢树的残冬，也有一个人沉如历史典册的瞳仁可以见证你的华采。

爱一个人总会不厌其烦地问些或回答些傻问题，例如："如果我老了，你还爱我吗？""爱！""我的牙都掉光了呢？""我吻你的牙床！"

爱一个人便忍不住迷上那首《白发吟》：

亲爱的，我年已渐老
白发如霜银光耀
唯你永是我爱人
永远美丽又温柔
…………

爱一个人常是一串奇怪的矛盾，你会依他如父，却又怜他如子，尊他如兄，又复宠他如弟，想师事他，跟他学，却又想教导他，把他俘虏成自己的徒弟，亲他如友，又复气他如仇，希望成为他的女皇，他唯一的女主人，却又甘心做他的小丫鬟、小女奴。

爱一个人会使人变得俗气，你不断地想：晚餐该吃牛舌好呢，还是猪舌？蔬菜该买大白菜呢，还是小白菜？房子该买在三张犁呢，

还是六张犁？而终于在这份世俗里，你了解了众生，你参与了自古以来匹夫匹妇的微不足道的喜悦与悲辛，然后你发觉这世上有超乎雅俗之上的情境，正如日光超越调色盘上的色样。

爱一个人就是喜欢和他拥有现在，却又追记着和他在一起的过去。喜欢听他说，那一年他怎样偷偷喜欢你，远远地凝望着你。爱一个人又总期望着未来，想到地老天荒的他年。

爱一个人便是小别时带走他的吻痕，如同一幅画，带着鉴赏者的朱印。

爱一个人就是横下心来，把自己小小的赌本跟他合起来，向生命的大轮盘去下一番赌注。

爱一个人就是让那人的名字在临终之际成为你双唇间最后的音乐。

爱一个人，就不免生出共同的、霸占的欲望。想认识他的朋友，想了解他的事业，想知道他的梦。希望共有一张餐桌，愿意同用一双筷子，喜欢轮饮一杯茶，合穿一件衣，并且同衾共枕，奔赴一个命运，共寝一个墓穴。

前两天，整理房间，理出一个手提袋，上面赫然写着“××孕妇服装中心”。我愕然许久，既然这房子只我一人住，这个手提袋当然是我的了，可是，我何曾跑到孕妇店去买过衣服？于是不甘心地坐下来想，想了许久，终于想出来了。我那天曾去买一件斗篷式的土褐色短褛，便是用这只绿色袋子提回来的，我的确闯到孕妇店去买衣服了。细想起来那家店的模特儿似乎都穿着孕妇装，我好像正是被那种美丽沉甸的繁殖喜悦所吸引而走进去的。这样说来，原来我买的那件宽松适意的斗篷式短褛竟真是给孕妇设计的。

这里面有什么心理分析吗？是不是我一直追忆着怀孕时强烈的酸苦和欣喜而情不自禁地又去买了一件那样的衣服呢？想多年前冬夜独起，灯下乳儿的寒冷和温暖便一下子涌回心头。小儿吮乳的时候，你多么希望自己的生命就此为他竭泽啊！

对我而言，爱一个人，就不免想跟他生一窝孩子。

当然，这世上也有人无法生育，那么，就让共同培育的学生、共同经营的事业、共同爱过的子侄晚辈、共同谱成的生活之歌、共同写完的生命之书来做他们的孩子。

也许还有更多更多可以说的，正如此刻，爱情对我的意义是终夜守在一盏灯旁，听车声退潮再复涨潮，看淡紫的天光愈来愈明亮，凝视两个人共同凝视过的长窗外的水波，在矛盾的凄凉和欢喜里，在知足感恩和渴切不足里细细体会一条河的韵律，并且写一篇叫《爱情观》的文章。

我喜欢

我喜欢活着，生命是如此地充满了愉悦。

我喜欢冬天的阳光，在迷茫的晨雾中展开。我喜欢那份宁静淡远，我喜欢那没有喧哗的光和热，而当中午，满操场散坐着晒太阳的人，那种原始而纯朴的意象总深深地感动着我的心。

我喜欢在春风中踏过窄窄的山径，草莓像精致的红灯笼，一路殷勤地张结着。我喜欢抬头看树梢尖尖的小芽儿，极嫩的黄绿色中透着一派天真的粉红——它好像准备着要奉献什么，要展示什么。那柔弱而又生意盎然的风度，常在无言中教导我一些最美丽的真理。

我喜欢看一块平平整整、油油亮亮的秧田。那细小的禾苗密密地排在一起，好像一张多绒的毯子，是集许多翠禽的羽毛织成的，它总是激发我想在上面躺一躺的欲望。

我喜欢夏日的永昼，我喜欢在多风的黄昏独坐在傍山的阳台上。小山谷里的稻浪推涌，美好的稻香翻腾着。慢慢地，绚丽的云霞被浣净了，柔和的晚星遂一一就位。我喜欢观赏这样的布景，我喜欢坐在那舒服的包厢里。

我喜欢看满山芦苇，在秋风里凄然地白着。在山坡上，在水边上，美得那样凄凉。那次，刘告诉我他在梦里得了一句诗："雾树芦花连江白。"意境是美极了，平仄却很拗口。想凑成一首绝句，却又不忍心改它。想联成古风，又苦再也吟不出相当的句子，至今那还只是一句诗，一种美而孤立的意境。

我也喜欢梦，喜欢梦里奇异的享受。我总是梦见自己能飞，能跃过山丘和小河。我总是梦见奇异的色彩和悦人的形象。我梦见棕色的骏马，发亮的鬣毛在风中飞扬。我梦见成群的野雁，在河滩的丛草中歇宿。我梦见荷花海，完全没有边际，远远在炫耀着模糊的香红——这些，都是我平日不曾见过的。最不能忘记那次梦见在一座紫色的山峦前看日出——它原来必定不是紫色的，只是翠岚映着初升的红日，遂在梦中幻出那样奇特的山景。

我当然同样在现实生活里喜欢山，我办公室的长窗便是面山而开的。每次当窗而坐，总沉得满几尽绿，一种说不出的柔和。较远的地方，教堂尖顶的白色十字架在透明的阳光里巍立着，把蓝天撑得高高的。

我还喜欢花，不管是哪一种。我喜欢清瘦的秋菊，浓郁的玫瑰，孤洁的百合，以及幽娴的素馨。我也喜欢开在深山里不知名的小野花。十字形的、斛形的、星形的、球形的。我十分相信上帝在造万

花的时候，赋给它们同样的尊荣。

我喜欢另一种花儿，是绽开在人们笑颊上的。当寒冷的早晨我在巷子里，对门那位清癯的太太笑着说："早！"我就忽然觉得世界是这样的亲切，我缩在皮手套里的指头不再感觉发僵，空气里充满了和善。

当我到了车站开始等车的时候，我喜欢看见短发齐耳的中学生，那样精神奕奕的，像小雀儿一样快活的中学生。我喜欢她们美好宽阔而又明净的额头，以及活泼清澈的眼神。每次看着她们老让我想起自己，总觉得似乎我仍是她们中间的一个，仍然单纯地充满了幻想，仍然那样容易受感动。

当我坐下来，在办公室的写字台前，我喜欢有人为我送来当天的信件。我喜欢读朋友们的信，没有信的日子是不可想象的。我喜欢读弟弟、妹妹的信，那些幼稚纯朴的句子总是使我在泪光中重新看见南方那座燃遍凤凰花的小城。最不能忘记那年夏天，德从最高的山上为我寄来一片蕨类植物的叶子。在那样酷暑的气候中，我忽然感到甜蜜而又沁人的清凉。

我特别喜爱读者的信件，虽然我不一定有时间回复。每次捧读这些信件，总让我觉得一种特殊的激动。在这世上，也许有人已透过我看见了一些东西。这不就够了吗？我不需要永远存在，我希望我所认定的真理永远存在。

我把信件分放在许多小盒子里，那些关切和情谊都被妥善地保存着。除了信，我还喜欢看一点书，特别是在夜晚，在一灯荧荧之下。我不是一个十分用功的人，我只喜欢看词曲方面的书。有时候也涉及一些古拙的散文，偶然我也勉强自己看一些浅近的英文书，我喜欢他们文字变化的活泼。

夜读之余，我喜欢拉开窗帘看看天空，看看灿如满园春花的繁星。我更喜欢看远处山坳里微微摇晃的灯光。那样模糊，那样幽柔，是不是那里面也有一个夜读的人呢？

在书籍里面，我不能自抑地要喜爱那些泛黄的线装书，握着它们就觉得握着一脉优美的传统，那涩黯的纸面蕴含着一种古典的美。我很自然地想到，有几个人执过它们，有几个人读过它们。他们也许都过去了。历史的兴亡、人物的迭代本是这样虚幻，唯有书中的智慧永远长存。

我喜欢坐在汪教授家中的客厅里，在落地灯的柔辉中捧一本线装的昆曲谱子。当他把旧得发亮的褐色笛管举到唇边的时候，我就开始轻轻地接着板眼唱起来。那柔美幽咽的水磨调在室中低回着，寂寞而空荡，像江南一池微凉的春水。我的心遂在那古老的音乐中体味到一种无可奈何的轻愁。

我就是这样喜欢着许多旧东西：那块小毛巾，是小学四年级参加《儿童周刊》父亲节征文比赛得来的；那一角花岗石，是小学毕业时和小曼敲破了各执一半的；那具布娃娃是我儿时最忠实的伴侣；那本毛笔日记，是七岁时被老师逼着写成的；那两支蜡烛，是我过

二十岁生日的时候，同学们为我插在蛋糕上的……我喜欢这些财富，以致每每整个晚上都在痴坐着，沉浸在许多快乐的回忆里。

我喜欢翻旧相片，喜欢看那个大眼睛、长辫子的小女孩。我特别喜欢坐在摇篮里的那张，那么甜美无忧的时代！我常常想起母亲对我说："不管你们将来遭遇什么，总是回忆起来，人们还有一段快活的日子。"是的，我骄傲，我有一段快活的日子——不只是一段，我相信那是一生悠长的岁月。

我喜欢把旧作品一一检视，如果我看出已往作品的缺点，我就高兴得不能自抑——我在进步！我不是在停顿！这是我最快乐的事了，我喜欢进步！

我喜欢美丽的小装饰品，像耳环、项链和胸针。那样晶晶闪闪的、细细微微的、奇奇巧巧的。它们都躺在一个漂亮的小盒子里，炫耀着不同的美丽，我喜欢不时地看看它们，把它们佩在我的身上。

我就是喜欢这么松散而闲适的生活，我不喜欢精密地分配的时间，不喜欢紧张地安排节目。我喜欢许多不实用的东西，我喜欢充足的沉思时间。

我喜欢晴朗的礼拜天清晨，当低沉的圣乐冲击着教堂的四壁，我就忽然升入另一个境界——没有纷扰，没有战争，没有嫉恨与恼怒。人类的前途有了新光芒，那种确切的信仰把我带入更高的人生境界。

我喜欢在黄昏时来到小溪旁。四顾没有人，我便伸足入水——

那被夕阳照得极艳丽的溪水，细沙从我趾间流过，某种白色的花瓣儿随波漂去，一会儿就幻灭了——这才发现那实在不是什么白花瓣儿，只是一些被石块激起来的浪花罢了。坐着，坐着，好像天地间流动着和暖的细流。低头沉吟，满溪红霞照得人眼花，一时简直觉得双足是浸在一钵花汁里呢！

我更喜欢没有水的河滩，长满了高及人肩的蔓草。日落时一眼望去，白石不尽，有着苍莽凄凉的意味。石块垒垒，把人心里慷慨的意绪也堆叠起来了。我喜欢那种情怀，好像在峡谷里听人喊秦腔，苍凉的余韵回转不绝。

我喜欢别人不注意的东西，像草坪上那株没有人理会的扁柏——那株瑟缩在高大龙柏之下的扁柏。每次我走过它的时候总要停下来，嗅一嗅那股儿清香，看一看它谦逊的神气。有时候，我又怀疑它是不是谦逊，因为也许它根本不觉得龙柏的存在。又或许它虽知道有龙柏的存在，也不认为伟大与平凡有什么两样——事实上伟大与平凡的确也没有什么两样。

我喜欢朋友，喜欢在出其不意的时候去拜访他们。尤其喜欢在雨天去叩湿湿的大门，在落雨的窗前话旧真是多么美。记得那次到中部去拜访芷的山居，我永不能忘记她看见我时的惊呼。当她连跑带跳地来迎接我，山上阳光就似乎忽然炽燃起来了。我们走在向日葵的荫下，慢慢地倾谈着。那迷人的下午像一阕轻快的曲子，一会儿就奏完了。

我极喜欢，而又带着几分崇敬去喜欢的，便是海了。那辽阔，那淡远，都令我心折。而那雄壮的气象，那平稳的风范，以及那不可测的深沉，一直向人类做着无言的挑战。

我喜欢家，我从来还不知道自己会这样喜欢家。每当我从外面回来，一眼看到那窄窄的红门，我就觉得快乐而自豪，我有一个家多么奇妙！

我也喜欢坐在窗前等他回家来。虽然过往的行人那样多，我总能分辨他的足音。那是很容易的，如果有一个脚步声，一入巷子就开始跑，而且听起来是沉重急速的大阔步，那就准是他回来了！我喜欢他把钥匙放进门锁中的声音，我喜欢听他一进门就喘着气喊我的英文名字。

我喜欢晚饭后坐在客厅里的时分。灯光如纱，轻轻地撒开。我喜欢听一些协奏曲，一面捧着细瓷的小茶壶暖手。当此之时，我就恍惚能够想象一些田园生活的悠闲。

我也喜欢户外的生活，我喜欢和他并排骑着自行车。当礼拜天早晨我们一起赴教堂的时候，两辆车子便并驰在黎明的道上，朝阳的金波向两旁溅开，我遂觉得那不是一辆脚踏车，而是一艘乘风破浪的飞艇，在无声的欢唱中滑行。我好像忽然又回到刚学会骑车的那个年龄，那样兴奋，那样快活，那样唯我独尊——我喜欢这样的时光。

我喜欢多雨的日子。我喜欢对着一盏昏灯听檐雨的奏鸣。细雨如丝，如一天轻柔的叮咛。这时候，我喜欢和他共撑一柄旧伞去散步。伞际垂下晶莹成串的水珠——一幅美丽的珍珠帘子。于是，伞下开始有我们宁静隔绝的世界，伞下缭绕着我们成串的往事。

我喜欢在读完一章书后仰起脸来和他说话，我喜欢假想许多事情。

“如果我先死了，”我平静地说着，心底却泛起无端的哀愁，“你要怎么样呢？”

“别说傻话，你这憨孩子。”

“我喜欢知道，你一定要告诉我，如果我先死了，你要怎么办？”

他望着我，神色愀然。

“我要离开这里，到很远的地方去。去做什么，我也不知道，总之，是很遥远的、很蛮荒的地方。”

“你要离开这屋子吗？”我急切地问，环视着被布置得像一片紫色梦谷的小屋。我的心在想象中感到一种剧烈的痛楚。

“不，我要拼着命去赚很多钱，买下这栋房子。”他慢慢地说，声音忽然变得凄怆而低沉，“让每一样东西像原来那样被保持着。哦，不，我们还是别说这些傻话吧！”

我忍不住潸泪泫然了，我不明白，为什么我喜欢问这样的问题。

“哦，不要痴了，”他安慰着我，“我们会一起死去的。想想，多美，我们要相偕着去参加天国的盛会呢！”

我喜欢相信他的话，我喜欢想象和他一同跨入永恒。

我也喜欢独自想象老去的日子，那时候必是很美的。就好像夕晖满天的景象一样。那时再没有什么可争夺的，可流连的。一切都淡了，都远了，都漠然无介于心了。那时候，智慧深邃明彻，爱情渐渐醇化，生命也开始慢慢蜕变，好进入另一个安静美丽的世界。啊，那时候，那时候，当我抬头看到精金的大道、碧玉的城门，以及千万只迎我的号角，我必定是很激励而又很满足的。

我喜欢，我喜欢，这一切我都深深地喜欢！我喜欢能在我心里充满着这样多的喜欢！

遇

——遇者，不期而会也。（《论语义疏》）

一

生命是一场大的遇合。

一个民歌手，在洲渚的丰草间遇见关关和鸣的雎鸠，——于是有了诗。

黄帝遇见磁石，蒙恬初识羊毛，立刻有了对物的惊叹和对物的深情。

牛郎遇见织女，留下的是一场恻恻然的爱情，以及年年夏夜，在星空里再版又再版的永不褪色的神话。

夫子遇见泰山，李白遇见黄河，陈子昂遇见幽州台，米开朗基罗在混沌未凿的大理石中预先遇见了少年大卫，生命的情境从此就

不一样了。

我渴望生命里的种种遇合，某本书里有一句话，等我去读、去拍案。田间的野花，等我去了解、去惊识。山风与发，冷泉与舌，流云与眼，松涛与耳，它们等着，在神秘的时间的两端等着，等着相遇的一刹那——一旦相遇，就不一样了，永远不一样了。

我因而渴望遇合，不管是怎样的情节，我一直在等待着种种发生。

人生的栈道上，我是个赶路人，却总是忍不住贪看山色。生命里既有这么多值得驻足的事，相形之下，会不会误了宿头，也就不是那样重要的事了。

二

菲律宾机场意外地热，虽然，据说七月并不是他们最热的月份。房顶又低得像要压到人的头上来，海关的手续毫无头绪，已经一个钟头过去了。

小女儿吵着要喝水，我心里焦烦得要命，明明没几个旅客，怎么就是搞不完。我牵着她四处走动，走到一个关卡，我不知道能不能贸然过去，只呆呆地站着。

忽然，有一个皮肤黝黑、身穿镂花白衬衫的男人，提着个007的皮包穿过关卡，颈上一串茉莉花环。看他样子不像是中国人。

茉莉花是菲律宾的国花，串成儿臂粗的花环白盈盈的一大嘟噜，让人分不出来是由于花太白，白出香味来，还是香太浓，浓得凝结成白色了。

而作为一个中国人，无论如何总霸道地觉得茉莉花是中国的，生长在一切前庭后院，插在母亲鬓边，别在外婆衣襟上，唱在儿歌里的：

“好一朵美丽的茉莉花……”

我搀着小女儿的手，凝望着那花串，一时也忘了溜出来是干什么的。机场不见了，人不见了，天地间只剩那一大串花，清凉的茉莉花。

“好漂亮的花！”

我不自觉地脱口而出。用的是中文，反正四面都是菲律宾人，没有人会听懂我在喃喃些什么。

但是，那戴花环的男人忽然停住脚，回头看我，他显然是听懂了。他走到我面前，放下皮包，取下花环，说：“送给你吧！”

我愕然，他说中国话，他竟是中国人。我正惊诧不知所措的时候，花环已经套到我的颈上来了。

我来不及地道了一声谢，正惊疑间，那人已经走远了。小女儿兴奋地乱叫：“妈妈，那个人怎么那么好，他怎么会送你花的呀？”

更兴奋的当然是我，由于被一堆光璨晶射的白花围住，我忽然自觉尊贵起来，自觉华美起来。

我飞快地跑回同伴那里去，手续仍然没办好。我急着要告诉别人，愈急愈说不清楚，大家都半信半疑以为我开玩笑。

“妈妈，那个人怎么那么好，他怎么会送你花的呀？”小女儿仍然誓不甘休地问。

我不知道，只知道颈间胸前确实有一片高密度的花丛，那人究竟是感动于乍听到的久违的乡音？还是简单地想“宝剑赠英雄”，把花环送给赏花人？还是在我们母女携手处看到某种曾经熟悉的眼神？我不知道，他已经匆匆走远了，我甚至不记得他的面目，只记得他温和的笑容，以及非常白非常白的白衫。

今年夏天，当我在南部小城母亲的花圃里摘弄成把的茉莉时，我会想起去年夏天我曾偶遇到一个人，一串花，以及魂梦里那圈不凋的芳香。

三

那种树我不知道是黄槐还是铁刀木。

铁刀木的黄花平常老是簇成一团，密不通风，有点滞人，但那种树开的花却疏松有致，成串地垂挂下来，是阳光中薄金的风铃。

那棵树被圈在青苔的石墙里，石墙在青岛西路上。这件事我已经注意很久了。

我真的不能相信在车尘弥天的青岛西路上会有一棵那么古典的

树，可是，它又分明在那里，它不合逻辑，但你无奈，因为它是事实。

终于有一年，七月，我决定要犯一点小小的法，我要走进那个不常设防的柴门，我要走到树下去看那交枝错柯美得逼人的花。一点没有困难，只几步之间，我已来到树下。

不可置信的，不过几步之隔，市声已不能扰我，脚下的草地有如魔毯，一旦踏上，只觉身子腾空而起，霎时间已来到群山清风间。

这一树黄花在这里进行说法究竟有多少个夏天了？冥顽如我，直到此刻直撅撅地站在树下仰天，才觉万道花光如当头棒喝，夹脑而下，直打得满心满腔一片空茫。花的美，可以美到令人恢复无知，恢复无识，美到令人一无依恃，而光裸如赤子。我敬畏地望着那花，哈，好个对手，总算让我遇上了，我服了。

那一树黄花，在那里说法究竟有多少个夏天了？

我把脸贴近树干，忽然，我惊得几乎跳起来，我看到蝉壳了！土色的背上一道裂痕，眼睛部分晶凸出来，那样宗教意味的蝉的遗蜕。

蝉壳不是什么稀罕东西，但它是我三十年前孩提时候最爱拣拾的宝物。乍然相逢，几乎觉得是神明意外的恩宠。他轻轻一拨，像拨动一座走得太快的钟，时间于是又回到混沌的子时，三十年的人世沧桑忽焉消失，我再度恢复为一个一无所知的小女孩，沿着清晨的露水，一路去剥下昨夜众蝉新褪的薄壳。

蝉壳很快就盈握了，我把它放在地下，再去更高的枝头剥取。

小小的蝉壳里，怎么会容得下那长夏不歇的鸣声呢？那鸣声是渴望？是欲求？是无奈的独白？

是我看蝉壳，看得风多露重，岁月忽已晚呢？还是蝉壳看我，看得花落人亡，地老天荒呢？

我继续剥更高的蝉壳，准备带给孩子当不花钱的玩具。地上已经积了一堆，我把它背上裂痕贴近耳朵，——于未成音处听长鸣。

而不知什么时候，有人红着眼睛从甬道走过。奇怪，这是一个什么地方？青苔厚石墙，黄花串珠的树，树下来来往往悲泣的眼睛？

我探头往高窗望去，香烟缭绕而出，一对素烛在正午看来特别黯淡的室内跃起火头。我忽然警悟，有人死了！然后，似乎忽然间我想起，这里大概就是台大医院的太平间了。

流泪的人进进出出，我呆立在一堆蝉壳旁，一阵当头笼罩的黄花下，忽然觉得分不清这三件事物，死、蝉壳以及正午阳光下亮得人眼眩的半透明的黄花。真的分不清，蝉是花？花是死？死是蝉？我痴立着，不知自己遇见了什么？

我后来仍然日日经过青岛西路，石墙仍在，我每注视那棵树，总是疑真疑幻。我曾有所遇吗？我一无所遇吗？当树开花时，花在吗？当树不开花时，花不在吗？当蝉鸣时，鸣在吗？当鸣声消歇，鸣不在吗？我用手指摸索着那粗粝的石墙，一面问着自己，一面并不要求回答。

然后，我越过它走远了。

然后，我知道那种树的名字了，叫阿勃拉，是从梵文译过来的。英文是 golden shower。怎么翻呢？翻成金雨阵吧！

牵　绊

出行前夕，收拾行李，自觉需要两名壮汉或悍妇，各站在我的左右手，对我严加呼喝叱骂——否则，我会一样一样把全部家当都塞进行李箱。

我的汉人祖先不肯从事于流浪业已经一两千年了吧？弄得我每有远行都恨不得把锅碗瓢勺带着走天涯（当然我更可恶的一点是急于把天涯搬回家）。

这是冻顶乌龙，我喝惯的一种，想想看，等我人到了加拿大的冰河区，泡它一杯来喝，何等写意！老外虽有茶，那种该死的红茶包袋跟茶灰茶土似的，怎能入喉呀！——既然带了茶叶，那宜兴红泥小壶也可以带吧？如果有茶，该不该也有点酒呀，自己酿的甜甜的梅子酒哩！

这本陶渊明也带着吧，对着大草原读陶诗可真比当皇帝还好呀！如果带了陶渊明，难道就该冷落苏东坡吗？还有，庄子也跟他们一路人马……还有一包剪报，平常来不及看的，现在，不妨带着，反正，也没多重啦……纸也要多带，万一我忽然文思泉涌……笔多带几支比较稳当，一支可能不够写呀……

这是我用惯的肥皂，那是我看上的洗发精，香水也带着吧，碰到人多气浊的时候可以自我保命……

我需要有极凶恶的同伴把我箱子里的东西捡出来，否则我会在带了茶叶、茶壶以后，渴望去带我那可爱的葫芦形的“茶熘”（烘烤茶叶用），那“茶熘”是陶艺家阿亮做的呢！还有那用“人面竹”手琢而成的“茶箨”（铲取茶叶用），它是多么温婉清丽……

我承认一钵一杖即可遍行天下的人固然了无牵挂，非常值得佩服，但像我这样想带着清茶以敬天下名山的人，不也挺可爱吗？

你的侧影好美！

中午在餐厅吃完饭，我慢慢地喝下那杯茶。茶并不怎么好，难得的是那天下午并没有什么赶着做的事，因此就慢慢地一口一口地啜着。

柜台那里有个女孩在打电话，这餐厅的外墙整个是一面玻璃，阳光流泻一室。有趣的是那女孩的侧影便整个印在墙上，她人长得平常，侧影却极美。侧影定在墙上，像一幅画。

我坐着，欣赏这幅画，奇怪，为什么别人都不看这幅美人图呢？连那女孩自己也忙着说个不停，她也没空看一下自己美丽的侧影。而侧影这玩意其实也很诡异，它非常不容易被本人看到。你一转头去看它，它便不是完整的侧影了，你只能斜眼去偷瞄自己的侧影。

我又坐了一会儿，餐厅里的客人或吃或喝——他们显然都在做他们身在餐厅该做的事。女孩继续说个不停，我则急我的事，我的事是什么事呢？我在犹豫要不要跑去告诉那女孩关于她侧影的事。

她有一个极美的侧影，她自己到底知道不知道呢？也许她长到这么大都没人告诉过她，如果我不告诉她，会不会她一生都不知道这件事？

但如果我跑去告诉她，她会不会认为我神经兮兮，多管闲事？

我被自己的假设苦恼着，而女孩的电话看样子是快打完了。我必须趁她挂上电话却犹站在原来位置的时候告诉她。如果她走回自己的座位，我再拉她站回原地去表演侧影，一切就不再那么自然了。

我有点气自己，小小一件事，我也思前想后，拿捏不出个主意来。啊！干脆老实承认吧！我就是怕羞，怕去和陌生人说话，有这毛病的也不只我一个人吧！好，管他的，我且站起来，走到那女孩背后，破釜沉舟，我就专等她挂电话。

她果真不久就挂了电话。

“小姐！”我急急叫住她，“我有一件事要告诉你……”

“喔……”她有点惊讶，不过旋即打算听我的说辞。

“你知道吗？你的侧影好美，我建议你下次带一张纸、一枝笔，把你自己在墙上的侧影描下来……”

“啊！谢谢你告诉我。”她显然是惊喜的，但她并没有大叫大跳。她和我一样，是那种含蓄不善表达的人。

我走回座位，吁了一口气。我终于把我要说的说了，我很满意我自己。

“对！其实我这辈子该做的事就是去告诉别人他所不知道的自己的美丽侧影。”

你真好，你就像我少年伊辰①

她坐在淡金色的阳光里，面前堆着的则是一垛浓金色的柑仔，是那种我最喜欢的圆紧饱甜的“草山桶柑”。而卖柑者向例好像都是些老妇人，老妇人又一向都有张风干橘子似的脸。这样一来，真让人觉得她和柑仔有点什么血缘关系似的，其实卖番薯的老人往往有点像番薯，卖花的小女孩不免有点像花蕾。

那是一条僻静的山径，我停车，蹲在路边，跟她买了十斤柑仔。

找完了钱，看我把柑仔放好，她朝我甜蜜温婉地笑了起来——连她的笑也有蜜柑的味道，她说：“啊，你这查某（女人）真好，我知，我看就知——”

我微笑，没说话，生意人对顾客总有好话说，可是她仍抓住话题不放……

“你真好——你就像我少年伊辰一样——”

① 伊晨，闽南语，意为：那个时候。

我一面赶紧谦称“没有啦”，一面心里暗暗好笑起来——奇怪啊，她和我，到底有什么是一样的呢？我在大学的讲堂上教书，我出席国际学术会议，我驾着车在山径御风独行。在台湾，在香港，在北京，我经过海关关口，关员总会抬起头来说：“啊，你就是张晓风。”而她只是一个老妇人，坐在路边，贩卖她今晨刚摘下来的柑仔。她却说，她和我是一样的，她说得那样安详笃定，令我不得不相信。

转过一个峰口，我把车停下来，望着层层山峦，慢慢反刍她的话。那袋柑仔个个沉实柔腻，我取了一个掂了掂。柑仔这种东西，连摸在手里都有极好的感觉，仿佛它是一枚小型的液态的太阳，可食、可触、可观、可嗅。

不，我想，那老妇人，她不是说我们一样，她是说，我很好，好到像她生命中最光华的那段时间一样好。不管我们的社会地位有多大落差，在我们共同对着一堆金色柑仔的时候，她看出来了，她轻易就看出来了，我们的生命基本上是相同的。我们是不同的歌手，却重复着生命本身相同的好旋律。

少年时的她是怎样的？想来也是个一身精力，上得山下得海的女子吧？她背后山坡上的那片柑仔园，是她一寸寸拓出来的吧？那些柑仔树，年年把柑仔像喷泉一样从地心挥洒出来的，也是她当日一棵棵栽下去的吧？满屋子活蹦乱跳的小孩，无疑也是她一手乳养大的？她想必有着满满实实的一生。而此刻，在冬日山径的阳光下，她望见盛年的我向她走来购买了一袋柑仔，她却想卖给我她长长的一生，她和一整座山的龃龉和谅解，她的伤痕和她的结痂。但她没有说，她只是温和地笑。她只是相信，山径上恒有女子走过——跟她少年时一样好的女子，那女子也会走出沉沉实实的一生。

我把柑仔掰开，把金船似的小瓣食了下去。柑仔甜而饱汁，我仿佛把老妇的赞许一同咽下。我从山径的童话中走过，我从烟岚的奇遇中走过，我知道自己是个好女人——好到让一个老妇想起她的少年，好到让人想起汗水，想起困厄，想起歌，想起收获，想起喧闹而安静的一生。

一半儿春愁，一半儿水！
——溪城忆旧

那年，她十七岁，我也是。夏天放榜，她考取了东吴大学，我也是。她读会计，我读中文，我们都很快乐。

我们相约去看新校区，南部乡下来的同班同学——真的很南部，比高雄还南，我们是屏东来的小孩。

同学叫她“狮子”，倒不是因为她凶恶，而是因为她名叫师瑾，“师”“狮”同音，大家就叫她“狮子”。

“狮子”长得美，一双大眼睛，慧黠灵动，莹澈渊深，仿佛一串说不完的谜面，令人沉吟费猜。狮子且清瘦，腰肢一把，轻盈若无，穿起那时代流行的蓬裙，直如云中仙子。

我们终于找到外双溪，那时是一九五八年，住在台北的人一时还没有学会污染的本领。我们站在溪边，我惊异于碧涧濑石之美——啊，叫我怎么说呢，我只能说，那时候的水，真是水。没有杂质的水。

我当时忍不住跟“狮子”胡扯：

“我们去弄件游泳衣，下去游泳吧！”

其实，我只是说说，因为：第一，我根本不会游泳；第二，水也太浅，不可能施展身手。

但“狮子”这个人一向认真，她立刻很淑女地骂了一句：“你神经啦！”

我懂她的意思，她是指光天化日，众目睽睽，一个女孩子只穿一件游泳衣便去戏水，岂不有伤风化？

而我当时那么说，无非想表达，此水清清，清到值得我们跳进去嬉戏！

四十年后的今天，我每周去东吴上小说课，经过溪边，总不免扼腕叹息。溪水啊！你昔日的美丽呢？虽然也有胆大的钓鱼者继续钓鱼，虽然也有一两只白鹭穿梭其间。但，那曾经澄澈如玉的溪水却早已不见了。

“狮子”继续着她在人世间循规蹈矩的步伐，继续流盼她的美目，但乳癌却攫住了她。她抗拒，她去开刀，她去复健，她认真地前往大陆寻求医疗，然而，三年前她终于走了。灵堂布满白色的姬百合，她连葬礼都规划得一丝不苟。

我该向谁去讨回我误撞异域的朋友呢？

一九五八年，东吴在外双溪的第一栋校舍落成，中文系一年级

在“第一教室”上课（那位置，现在是注册组在使用）。班上同学只有十人，如果用成本会计的眼光来看，真是浪费。但小班上课实在是令人难忘的好经验，认真的教授甚至可以记得我们作品中的某些句子，像张清徽（张敬）老师，三十年后她偶然还能当面背诵我大四“曲选习作”的句子：

“沟里波澜拥又推，乱成堆，一半儿春愁一半儿水。”

令我又喜又愧。

然而，清徽老师也走了，祭吊时播放的不是哀乐而是她生前最喜欢的昆曲。啊！真是奇异的告别式啊！

“袅晴丝，吹来闲庭院……”

幽缓的《水磨调》，人生却是如此匆匆啊！

老师是旧式才女，有才华，又用功，连她的字我也是极喜欢的（虽然，不太有人知道她的书法）。她的古诗更写得好，浑茂质朴，情深意切，当今之日，华文世界，能写出这种水准的人，想来也不超过十个啊！

忆起清徽师，常忍不住恻恻而痛，因为同为女性，也因为疼惜，疼惜她这样的才女，却生不逢辰。她对自己的婚姻啧有烦言。但据我看，师丈并不坏。我有次在老师家中看到一帧佩剑少年的旧照片，那美少年英姿飒爽，足以令任何女子怦然心动，我问师丈：

“咦！这人是谁呀？”

“就是我呀！”

我当时大吃一惊！原来这不修边幅，说起话来颠三倒四的师丈，曾是早期清华的高材生，他英挺俊俏，眼神如电，令人形惭。他且又因抗战投身空军，可谓是才子又是英雄。老师当年倾心此人，本来应该可成一段佳话，但才子往往不容易与人相处，至于逢迎阿谀，当然更为不屑。在事业饱受挫折之余，他变得成天谈玄说命，不事生产。老师于是自怨自艾起来，词曲于她不失为一种及时的救赎。

啊！如果老师晚生五十年或者六十年，命运会不会好些？女性主义的大纛是不是让她可以活得更理直气壮一点？但反过来说，如果她晚生六十年，那些来自书香世家的良好旧学根底也就没了——唉，人生实难啊！

何况，多年后，老师告诉我，她原为家计困窘，才在台大之外寻求兼课东吴的。那么，倒是我捡到便宜了，让我有一年之久领略她风趣隽永的授课。世事的凶吉休咎原是如此难卜，她的不幸，不料反而成就了我的幸运。

当这世上你可以称之为老师的人越来越少，学生却愈来愈多，真是件可悲的事。你眼看老成凋谢，却阻止不了他们的消失。于是，你渐渐了解，原来，学者也不是永恒的，如果你不趁可请益的时候请益，将来，总有一天，你再也无法向他们请益了。

汪薇史（汪经昌）老师是我另一位恩师，不料在香港教书时发生车祸谢世。命运真是很奇怪的东西，汪老师和大多数外省老辈一

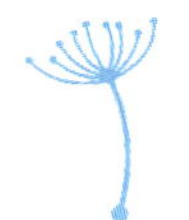

样，对台湾的政治定位没什么把握。刚好，香港有意延聘他教书，他是希望能终老香港的，却不意为一辆不负责任的车子断了命。那司机何曾知道这一撞，撞碎了多少宝贵的曲学传承啊！

汪老师是曲学大师吴瞿安（吴梅）先生的弟子，在台湾曲学界可算得一代宗师。但奇怪的是他当初受聘中文系，所授的课程竟是“社会学”。

有一次，我请教汪老师要学词曲应该如何入手，他说应从《花间词》读，我再问从《花间词》读起如何读，他说，你来我家，我讲给你听。我从此每周两次去老师家听《花间词》，他讲给我一个人听，免费，而且供应晚餐。甚至我后来结了婚，仍赖皮如故。有时在老师家谈得兴起，不觉已至午夜。忽听得日式房子的矮墙外，有人用压低的清亮男高音的嗓子在叫：“晓风！”

我一惊而起，推开抑扬清激的工尺谱，完了完了，一定又过了十二点了。于是乖乖出门，跟来“捉”我的丈夫一起回家。从龙泉街到永康街，坐在脚踏车后座上，一路犹想着老师婉转的笛声。这种情节一路上演到我生了孩子，实在脱不了身，才算罢休。而那时候，老师也正打算赴香港上任去了。

我如今每次打开《花间词集》都不敢久读，因为一想起往事，就要流泪。

溪声千回，前尘如烟。连当年那可爱的会写情诗的学弟林炯阳也走了（至于他曾取得博士学位，当过中文系系主任，算来都属

“末节”，他的诗人履历还是最可敬的）。我想，如今我只能珍惜活着的师友，并期待下一世纪的江山代出的人才。钟灵毓秀的溪城当能回应我的祈愿吧？

女人，和她的指甲刀

“要不要买一把小指甲刀？”张小泉剪刀很出名的，站在灵隐寺外，我踌躇，过去看看吧！好几百年的老店呢！

果真不好，其实我早就料到，你要把自己武装好，以免因失望太多而生病。

回到旅馆，我赶紧找出自己随身带的那只指甲刀来剪指甲。虽然指甲并不长，但我急着重温一下这把好指甲刀的感觉。

这指甲刀买了有十几年了，日本制，在中国香港买的，约值二百台币，当时倒是狠一下心才买的。用这么贵的价钱买一只小小的指甲刀，对我而言，是介乎奢华和犯罪之间的行为。

刀有个小纸盒，银色，盒里垫着蓝色的假丝绒，刀是纯钢，造型利落干净。我爱死了它。

十几年来，每个礼拜，或至多十天，我总会跟它见一次面，接受它的修剪。这种关系，也该算作亲密了，想想看，十几年哪——

有好些婚姻都熬不了这么久呢！

我当时为什么下定决心要买这只指甲刀呢？事情是这样的，平常家里大概总买十元一个的指甲刀。古怪的是，几乎随买随掉。等孩子长到自己会剪指甲的年龄，情况更见严重，几乎每周掉一个，问丈夫，他说话简直玄得像哲学，他说："没有掉，只是一时找不着了。"

我有时有点绝望，仿佛家里出现了"神秘百慕大"，什么东西都可以自动销匿化烟。

幼小的时候看人家登离婚广告，总是写"我俩意见不合"，便以为夫妻吵架一定是由于"意见不合"。没想到事情轮到自己头上，全然不是那么回事。我们每次吵架，原因都是"我俩意见相同"，关于掉指甲刀的事也不例外。

"我看一定是你用完就忘了，放在你自己的口袋里了。"

每次我这样说他的时候，他一定做出一副和我意见全然一致的表情：

"我看一定是你用完就忘了，放在你自己的口袋里了。"

掉刀的事，终于还是不了了之。

我终于决定让自己拥有一件"完完全全属于我自己的东西"。

婚姻生活又可爱又可怕，它让你和别人"共享"。"共享"的结果是：房子是两个人的，电话是两个人的，筷子是大家的，连感冒，也是有难同当。

唉！

我决定自救，我要去买一把指甲刀给自己，这指甲刀只属于我，谁都不许用！以后，你们要掉刀是你们的事！

我要保持我的指甲刀不掉。

这几句话很简单，但不知为什么我每次企图说服自己的时候，都有小小的罪咎感。还好，终于，有一天，我把自己说服了，把刀买了，并且鼓足勇气向其他三口家人说明。

我珍爱我的指甲刀，它是我在婚姻生活里唯一一项“私人财产”。

深夜，灯下，我剪自己的指甲，用自己的指甲刀，我觉得幸福。剪指甲的声音柔和清脆，此刻我是我，既不妻，也不母，既不贤，也不良，我只是我。远方，仍有一个天涯等我去行遍。

第四章　生命，以什么单位计量

于是，学会了为阳光感谢——因为阴晦并非不可能。学会了为平静而索味的日子感谢——因为风暴并非不可能。学会了为粗茶淡饭感谢——因为饥饿并非不可能。甚至学会了为一张狰狞的面目感谢——因为有一天，我们中间不知谁便要失去这十分脆弱的肉体。

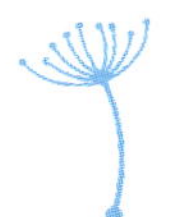

有些人

有些人，他们的姓氏我已遗忘，他们的脸却恒常浮着——像晴空，在整个雨季中我们不见它，却清晰地记得它。

那一年，我读小学二年级，有一个女老师——我连她的脸都记不起来了，但好像觉得她是很美的（有哪一个小学生心目中的老师不美呢？），也恍惚记得她身上那片不太鲜丽的蓝。她教过我们些什么，我完全没有印象，但永远记得某个下午的作文课，一位同学举手问她“挖”字该怎么写，她想了一下，说：“这个字我不会写，你们谁会？”

我兴奋地站起来，跑到黑板前写下了那个字。

那天，放学的时候，当同学们齐声向她说“再见”的时候，她向全班同学说：“我真高兴，我今天多学会了一个字，我要谢谢这位同学。”

我立刻快乐得有如胁下生翅一般——我生平似乎再没有出现那

么自豪的时刻。

那以后，我遇见无数学者，他们尊严而高贵，似乎无所不知。但他们教给我的，远不及那个女老师的多。她的谦逊，她对人不吝惜的称赞，使我忽然间长大了。

如果她不会写“挖”字，那又何妨？她已挖掘出一个小女孩心中宝贵的自信。

有一次，我到一家米店去。

“你明天能把米送到我们的营地吗？”

“能。”那个胖女人说。

“我已经把钱给你了，可是如果你们不送，”我不放心地说，“我们又有什么证据呢？”

“啊！”她惊叫了一声，眼睛睁得圆突突，仿佛听见一件耸人听闻的罪案，“做这种事，我们是不敢的。”

她说“不敢”两字的时候，那种敬畏的神情使我肃然，她所敬畏的是什么呢？是尊贵古老的卖米行业，还是“举头三尺即有神明”？

她的脸，十年后的今天，如果再遇到，我未必能辨认，但我每遇见那无所不为的人，就会想起她——为什么其他的人竟无所畏惧呢？有一个夏天，中午，我从街上回来，红砖人行道烫得人鞋底都要烧起来似的。

忽然，我看到一个衣衫褴褛的中年人疲软地靠在一堵墙上。他

的眼睛闭着，黧黑的脸扭曲如一截枯根，不知在忍受什么。

他也许是中暑了，需要一杯甘洌的冰水。他也许很忧伤，需要一两句鼓励的话，但满街的人潮流动，美丽的皮鞋行过美丽的人行道，但没有人驻足望他一眼。

我站了一会儿，想去扶他，但我闺秀式的教育使我不能不有所顾忌。如果他是疯子，如果他的行动冒犯我——于是我扼杀了我的同情，让自己和别人一样地漠然离去。

那个人是谁？我不知道，那天中午他在眩晕中想必也没有看到我，我们只不过是路人。但他的痛苦却盘踞了我的心，他的无助的影子使我陷在长久的自责里。

上苍曾让我们相遇于同一条街，为什么我不能献出一点手足之情，为什么我有权漠视他的痛苦？我何以怀着那么可耻的自尊？如果可能，我真愿再遇见他一次，但谁又知道他在哪里呢？

我们并非永远都有行善的机会——如果我们一度错过。

那陌生人的脸于我是永远不可弥补的遗憾。

对于代数中的行列式，我是一点也记不清了，倒是记得那细瘦矮小、貌不惊人的代数老师。

那年 7 月，当我们赶到联考考场的时候，只觉整个人生都摇晃起来，无忧的岁月至此便渺茫了，谁能预测自己在考场后的人生？

想不到的是代数老师也在那里，他那苍白而没有表情的脸竟会奔波过两个城市而在考场上出现，是颇令人感到意外的。

接着，他蹲在泥地上，拣了一块碎石子，为特别愚鲁的我讲起行列式来。我焦急地听着，似乎从来未曾那么心领神会过。泥土的大地可以成为那么美好的纸张，尖锐的利石可以成为那么流丽的彩笔——我第一次懂得，他使我在书本上的朱注之外了解了所谓“君子谋道”的精神。

那天，很不幸的，行列式没有考，而那以后，我再没有碰过代数书，我的最后一节代数课竟是蹲在泥地上上的。我整个的中学教育也是在那无墙无顶的课室里结束的，事隔十多年，才忽然咀嚼出那意义有多美。

代数老师姓什么？我竟不记得了，我能记得国文老师所填的许多小词，却记不住代数老师的名字，心里总有点内疚。如果我去母校查一下，应该不甚困难，但总觉得那是不必要的，他比许多我记得住姓名的人不是更有价值吗？

人生的什么和什么

她的手轻轻地搭在方向盘上，外面下着小雨。收音机正转到一个不知什么台的台上，溢漫出来的是安静讨好的古典小提琴。

前面是隧道，车如流水，汇集入洞。

“各位亲爱的听众，人生最重要的事其实只有两件，那就是……”

主持人的声音向例都是华丽明亮的居多，何况她正在义无反顾地宣称这个真理。

她其实也愿意听听这项真理，可是，这里是隧道，全长五百米，要四十秒钟才走得出来，隧道里面声音断了，收音机只会嗡嗡地响。她忽然烦起来，到底是哪两件呢？要猜，也真累人，是“物质与精神”吗？是“身与心”吗？是“爱情与面包”吗？是“生与死”吗？或“爱与被爱”？隧道不能倒车，否则她真想倒车出去听完那段话再进来。

隧道走完了，声音重新出现，是音乐，她早料到了四十秒太久，按一分钟可说二百字的广播速度来说，播音员已经说了一百五十个字了。一百五十个字，什么人生道理不都给她说完了吗？

她努力去听音乐，心里想，也许刚才那段话是这段音乐的引言，如果知道这段音乐，说不定也可以猜出前面那段话。

音乐居然是《彼得与狼》——这当然不会是答案。

依她的个性，她知道自己会怎么做，她会再听下去，一直听到主持人播报他们电台和节目的名字。然后，打电话去追问漏听的那一段来，主持人想必也很乐意回答。

可是，有必要吗？四十岁的人了，还要知道人生最重要的事是“什么和什么”吗？她伸手关上了收音机，雨大了，她按下雨刷。

生命，以什么单位计量

这是一家小店铺，前面做门市，后面住家。

星期天早晨，老板娘的儿子从后面冲出来，对我大叫一句："我告诉你，我的电动玩具比你多！"

我不知道他在跟谁说话，四面一看，店里只我一人。我才发现，这孩子在跟我做现代版的"石崇斗富"。

"你的电动玩具都是小的，我的，是大的！"小孩继续叫阵。

老天爷，这小孩大概太急于压垮人，于是饥不择食，居然来单挑我，要跟我比电动玩具的质跟量。我难道看起来会像一个玩电动玩具的小孩吗？我只得苦笑了。

他其实是个蛮清秀的小孩，看起来也聪明机灵，但他为什么偏偏要找人比电动玩具呢？

"我告诉你，我根本没有电动玩具！"我弯腰跟那小孩说，"一个也没有，大的也没有，小的也没有——你不用跟我比，我根本就没有电动玩具，告诉你，我一点也不喜欢电动玩具。”

小孩目瞪口呆地望着我。正在这时候，小孩的爸爸在里面叫他：

“回来，不要烦客人。”

（奇怪的是他只关心有没有哪一宗生意被这小鬼吵掉了，他完全没有想到说这种话的儿子已经很有毛病了。）

我不能忘记那小孩惊奇不解的眼神。大概，这正等于你驰马行过草原，有人拦路来问：

“远方的客人啊，请问你家有几千只骆驼？几万只牛羊？”

你说：

“一只也没有，我没有一只骆驼、一只牛、一只羊，我连一只羊蹄也没有！”

又如雅美人问你：“你近年有没有新船下水？下水礼中你有没有准备够多的芋头？”你却说：“我没有船，我没有猪，我没有芋头！”

这是一个奇怪的世界，计财的方法或用骆驼，或用芋头，或用田地，或用妻妾，至于黄金、钻石、房屋、车子、古董——都是可以计算的单位。

这样看来，那孩子要求以电动玩具和我比，大概也不算极荒谬吧！

可是，我是生命，我的存在既不是“架”“栋”“头”“辆”，也不是“亩”“艘”“匹”“克拉”等等单位所可以称量评估的啊！

我是我，不以千克，不以厘米，不以智商，不以学位，不以畅销的“册数”。我，不纳入计量单位。

我　在

记得是小学三年级，偶然生病，不能去上学。于是抱膝坐在床上，望着窗外寂寂青山、迟迟春日，心里竟有一份巨大幽沉至今犹不能忘的凄凉。当时因为小，无法对自己说清楚那番因由，但那份痛，却是记得的。

为什么痛呢？现在才懂，只因你知道，你的好朋友都在那里，而你偏不在，于是你痴痴地想，他们此刻在操场上追追打打吗？他们在教室里挨骂吗？他们到底在干什么啊？不管是好是歹，我想跟他们在一起啊！一起挨骂挨打都是好的啊！

于是，开始喜欢点名。大清早，大家都坐得好好的，小脸还没有开始脏，小手还没有汗湿，老师说："×××。"

"在！"

正经而清脆，仿佛不是回答老师，而是回答宇宙乾坤，告诉天地，告诉历史，说，有一个孩子"在"这里。

回答“在”字，对我而言总是一种饱满的幸福。

然后，长大了，不必被点名了，却迷上旅行。每到山水胜处，总想举起手来，像那个老是睁着好奇圆眼的孩子，回一声：“我在。”

“我在”和“某某到此一游”不同，后者张狂跋扈，目无余子，而说“我在”的仍是个清晨去上学的孩子，高高兴兴地回答长者的问题。

其实人与人之间，或为亲情或为友情或为爱情，哪一种亲密的情谊不是基于我在这里，刚好，你也在这里的前提？一切的爱，不就是“同在”的缘分吗？就连神明，其之所以为神明，也无非由于“昔在、今在、恒在”，以及“无所不在”的特质。而身为一个人，我对自己“只能出现于这个时间和空间的局限”感到另一种可贵，仿佛我是拼图板上扭曲奇特的一块小形状。单独看，毫无意义，及至恰恰嵌在适当的时空，却也是不可少的一块。天神的存在是无始无终浩浩莽莽的无限，而我是此时此际、此山此水中的有情和有觉。

有一年，和丈夫带着一团的年轻人到美国和欧洲去表演。我坚持选崔颢的《长干曲》作为开幕曲。在一站复一站的陌生城市里，舞台上碧色绸子抖出来粼粼水波，唐人乐府悠然导出：

君家何处住？妾住在横塘。

停船暂借问，或恐是同乡。

渺渺烟波里，只因错肩而过，只因你在清风我在明月，只因彼此皆在这地球上，而地球又在太虚，所以不免停舟问一句话，问一问彼此隶属的籍贯，问一问昔日所生、他年所葬的故里。那年夏天，我们也是这样一路去问海外中国人的隶属所在的啊！

《旧约》里记载了一则三千年前的故事，那时老先知以利因年迈而昏聩无能，坐视宠坏的儿子横行。小先知撒母耳却仍是幼童，懵懵懂懂地穿件小法袍在空旷的大圣殿里走来走去。然而，事情发生了，有一夜，他听见轻声的呼唤：

“撒母耳！”

他虽瞌睡却是个机警的孩子，他跳起来，便跑到老以利面前：

“你叫我，我在这里！”

“我没有叫你，”老态龙钟的以利说，“你去睡吧！”

孩子去躺下，他又听到相同的叫唤：

“撒母耳！”

“我在这里，是你叫我吗？”他又跑到以利跟前。

“不是，我没叫你，你去睡吧。”

第三次，他又听见那召唤的声音，小小的孩子实在给弄糊涂了，但他仍然尽快跑到以利面前。

老以利蓦然一惊，原来孩子已经长大了，原来他不是小孩子梦里听错了话，不，他已听到第一次天音，他已面对神圣的召唤。虽然他只是一个弱小的小孩，虽然他连什么是“天之钟命”也听不懂，

可是，旧时代毕竟已结束，少年英雄会受天承运挑起八方风雨。

“小撒母耳，回去吧！有些事，你以前不懂，如果你再听到那声音，你就说：‘神啊！请说，我在这里。’”

撒母耳果真第四度听到声音，夜空烁烁，廊柱耸立如历史，声音从风中来，声音从星光中来，声音从心底的潮声中来，来召唤一个孩子。撒母耳自此至死，一直是个威仪赫赫的先知，只因多年前，当他还是稚童的时候，他答应了那声呼唤，并且说：“我，在这里。”

我当然不是先知，从来没有想做“救星”的大志，却喜欢让自己是一个“紧急待命”的人，随时能说“我在，我在这里”。

这辈子从来没喝得那么多，大约是一瓶啤酒吧，那是端午节的晚上，在澎湖的小离岛。为了纪念屈原，渔人那一天不出海，小学校长陪着我们和家长会的朋友吃饭，对于仰着脖子的敬酒者，你很难说“不”。他们喝酒的样子和我习见的学院人士大不相同，几杯下肚，忽然红上脸来，原来酒的力量竟是这么大的。起先，那些宽阔黧黑的脸不免不自觉地有一份面对台北人和读书人的卑抑，但一喝了酒，竟人人急着说起话来，说他们没有淡水的日子怎么苦，说淡水管如何修好了又坏了，说他们宁可倾家荡产，也不要天天开船到别的岛上去搬运淡水……

而他们嘴里所说的淡水，在台北人看来，也不过是咸涩难咽的怪味水罢了——只是于他们却是遥不可及的美梦。

我们原来只是想去捐书，只是想为孩子们设置阅览室，没有料到他们红着脸、粗着脖子叫嚷的却是水！这个岛有个好听的名字，叫乌屿，岩岸是美丽的黑得发亮的玄武石组成的。浪大时，水珠会跳过教室直落到操场上来，澄莹的蓝波里有珍贵的丁香鱼，此刻餐桌上则是酥炸的海胆，鲜美的小鳍……然而这样一个岛，却没有淡水……

我能为他们做什么？在同盏共饮的黄昏，也许什么都不能，但至少我在这里，在倾听，在思索我能做的事……

读书，也是一种“在”。

有一年，到图书馆去，翻一本《春在堂笔记》。那是俞樾先生的集子，红绸精装的封面，打开封底一看，竟然从来也没人借阅过，真是“古来圣贤皆寂寞”啊！心念一动，便把书借回家去。书在，春在，但也要读者在才行啊！我的读书生涯竟像某些人玩“碟仙”，仿佛面对作者的精魄。对我而言，李贺是随召而至的，悲哀悼亡的时刻，我会说：“我在这里，来给我念那首《苦昼短》吧！念‘吾不识青天高，黄地厚，惟见月寒日暖，来煎人寿’。”读那首韦应物的《调笑令》的时候，我会轻轻地念：“胡马，胡马，远放燕支山下。跑沙跑雪独嘶，东望西望路迷。迷路，迷路，边草无穷日暮。”一面觉得自己就是那从唐朝一直狂驰至今不停的战马。不，也许不是马，只是一股激情，被美所迷，被莽莽黄沙和胭脂红的落日所震慑，因而思绪万千，不知所止的激情。

看书的时候，书上总有绰绰人影，其中有我，我总在那里。

《旧约·创世纪》里，堕落后的亚当在凉风乍至的伊甸园把自己藏匿起来。

上帝说："亚当，你在哪里？"

他噤而不答。

如果是我，我会走出，说：

"上帝，我在，我在这里。请你看着我，我在这里。不比一个凡人好，也不比一个凡人坏，我有我的逊顺祥和，也有我的叛逆凶戾，我在我无限的求真求美的梦里，也在我脆弱不堪一击的人性里。上帝啊，俯察我，我在这里。"

"我在"，意思是说我出席了，在生命的大教室里。

几年前，我在山里说过的一句话容许我再说一遍，作为终响："树在。山在。大地在。岁月在。我在。你还要怎样更好的世界？"

敬畏生命

那是一个夏天的长得不能再长的下午，在印第安纳州的一个湖边。我起先是不经意地坐着看书，忽然发现湖边有几棵树。正在飘散一些白色的纤维。大团大团的，像棉花似的，有些飘在草地上，有些飘入湖水里。我当时没有十分注意，只当是偶然风起所带来的。

可是，渐渐地我发现情况简直令人吃惊。好几个小时过去了，那些树仍旧浑然不觉地在飘送那些小型的云朵，倒好像是一座无限的云库似的。整个下午，整个晚上，漫天都是那种东西。第二天的情形完全一样，我感到诧异和震撼。

其实小学的时候，就知道有一类种子是靠风力吹动纤维播送的。但也只是知道一道测验题的答案而已，那几天真的看到了，满心所感到的是一种折服——一种无以名之的敬畏。我几乎是第一次遇见生命——虽然是植物的。

我感到那云状的种子在我心底强烈地碰撞上什么东西。我不能

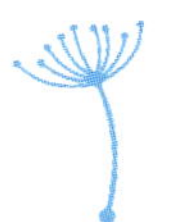

不被生命豪华的、奢侈的、不计成本的投资所感动。也许，在不分昼夜的飘散之余，只有一颗种子足以成荫，但造物主乐于做这样惊心动魄的壮举。

我至今仍然在沉思之际想起那一片柔媚的湖水，不知湖畔那群种子中有哪一颗成了小树。至少，我知道，有一颗已经成长。那颗种子曾遇见了一片土地，在一个过客的心之峡谷里蔚然成荫，教会她怎样敬畏生命。

只因为年轻啊

一　爱——恨

小说课上，正讲着小说，我停下来发问：“爱的反面是什么？”

“恨！”

大约因为对答案很有把握，他们回答得很快而且大声，神情明亮、愉悦，此刻如果教室外面走过一个不懂中国话的老外，随他猜一百次也猜不出他们唱歌般快乐的声音竟在说一个“恨”字。

我环顾教室，心里浩叹，只因为年轻啊，只因为太年轻啊，我放下书，说：

“这样说吧，譬如说你现在正谈恋爱，然后呢？就分手了，过了五十年，你七十岁了，有一天，黄昏散步，冤家路窄，你们又碰到一起了，这时候，对方定定地看着你，说：

“‘×××，我恨你！’

“如果情节是这样的，那么，你应该庆幸，居然被别人痛恨了半个世纪。恨也是一种很容易疲倦的情感，要有人恨你五十年也不简单，怕就怕在当时你走过去说：‘×××，还认得我吗？’

“对方愣愣地呆望着你说：‘啊，有点面熟，你贵姓？’”

全班学生都笑起来，大概想象中那场面太滑稽、太尴尬吧？

“所以说，爱的反面不是恨，是漠然。”

笑罢的学生能听得进结论吗？——只因太年轻啊，爱和恨是那么容易说得清楚的两个字吗？

二　受　创

来采访的学生在客厅沙发上坐成一排，其中一个发问道：“读你的作品，发现你的情感很细致，并且总是在关怀，但是关怀就容易受伤，对不对？那怎么办呢？”

我看了她一眼，多年轻的额，多年轻的颊啊，有些问题，如果要问，就该去问岁月，问我，我能回答什么呢？但她的明眸定定地望着我，我忽然笑了起来，几乎有点促狭的口气：

“受伤，这种事是有的，但是你要保持一个完完整整不受伤的自己做什么用呢？你非要把你自己保卫得好好的不可吗？”

她惊讶地望着我，一时也答不上话。

人生世上，一颗心从擦伤、灼伤、冻伤、撞伤、压伤、扭伤，乃至到内伤，哪能一点伤都不受呢？如果关怀和爱就必须包括受伤，那么就不要完整，只要撕裂，基督不同于世人的，岂不正在那双钉痕宛在的受伤手掌吗？

小女孩啊，只因年轻，只因一身光灿晶润的肌肤太完整，你就舍不得碰撞就害怕受创吗？

三　经济学的旁听生

“什么是经济学呢？”他站在台上，戴眼镜，灰西装，声音平静，典型的中年学者。

台下坐的是大学一年级的学生，而我，是置身在这两百人大教室里偷偷旁听的一个。

从一开学我就昂奋起来，因为在课表上看见要开一门“社会科学概论”的课程，包括四位教授来设“政治”“法律”“经济”“人类学”四个讲座。想起可以重新做学生，去听一门门对我而言崭新的知识，那份喜悦真是掩不住、藏不严，一个人坐在研究室里都忍不住要轻轻地笑起来。

“经济学就是把‘有限资源’做‘最适当的安排’，以得到最好的效果’。”

台下的学生沙沙地抄着笔记。

“经济学为什么发生呢？因为资源‘稀少’，不单物质‘稀少’，

时间也‘稀少’，而‘稀少’又是为什么？因为，相对于‘欲望’，一切就显得‘稀少’了……”

原来是想在四门课里跳过经济学不听的，因为觉得讨论物质的东西大概无甚可观，没想到一走进教室来竟听到这一番解释。

“你以为什么是经济学呢？一个学生要考试，时间不够了，书该怎么念，这就叫经济学啊！”

我愣在那里反复想着他那句“为什么有经济学——因为稀少——为什么稀少，因为欲望”而麻颤惊动，如同山间顽崖愚壁偶闻大师说法，不免震动到石骨土髓格格作响的程度。原来，整场生命也可作经济学来看，生命也是如此短小稀少啊！而人的不幸却在于那颗永远渴切不止的有所索求、有所跃动、有所未足的心，为什么是这样的呢？为什么竟是这样的呢？我痴坐着，任泪下如麻不敢去动它，不敢让身旁年轻的助教看到，不敢让大一年轻的孩子看到。奇怪，为什么他们都不流泪呢？只因为年轻吗？因年轻就看不出生命如果像戏，也只能像一场短短的独幕剧吗？“朝如青丝暮成雪”，乍起乍落的一朝一暮间又何尝真有少年与壮年之分？“急罚盏，夜阑灯灭”，匆匆如赴一场喧哗夜宴的人生，又岂有早到晚到、早走晚走的分别？然而，他们不悲伤，他们在低头记笔记。听经济学听到哭起来，这话如果是别人讲给我听的，我大概会大笑，笑人家的滥情，可是……

“所以，”经济学教授又说话了，“有位文学家卡莱亚这样形容：

经济学是门‘忧郁的科学’……”

我疑惑起来，这教授到底是因有心而前来说法的长者，还是以无心来度脱的异人？至于满堂的学生正襟危坐是因岁月尚早，早如揭衣初涉水的浅溪，所以才凝然无动吗？为什么五月山栀子的香馥里，独独旁听经济学的我为这被一语道破的短促而多欲的一生而又惊又痛，泪如雨下呢？

四　如果作者是花

“年年岁岁花相似，岁岁年年人不同。”

诗选的课上，我把句子写在黑板上，问学生：“这句子写得好不好？”

“好！”

他们的声音听起来像真心的，大概在强说愁的年龄，很容易被这样工整、俏皮而又怅惘的句子所感动吧？

“这是诗句，写得比较文雅，其实有一首新疆民谣，意思也跟它差不多，却比较通俗，你们知道那歌词是怎么说的？”

他们反应灵敏，立刻争先恐后地叫出来：

太阳下山明早依旧爬上来，

花儿谢了明年还是一样地开，

我喜欢活着，生命是如此地充满了愉悦。

生命是一场大的遇合。

美丽小鸟飞去不回头，

我的青春小鸟一样不回来，

我的青春小鸟一样不回来。

那性格活泼的干脆就唱起来了。

“这两种句子从感性上来说，都是好句子，但从逻辑上来看，却有不合理的地方——当然，文学表现不一定要合逻辑，但是我还是希望你们看得出来问题在哪里？”

他们面面相觑，又认真地反复念诵句子，却没有一个人答得上来。我等着他们，等满堂红润而聪明的脸，却终于放弃了，只因太年轻啊，有些悲凉是不容易觉察的。

“你知道为什么说‘花相似’吗？是因为陌生，因为我们不懂花，正好像一百年前，我们中国是很少看到外国人的，所以在我们看起来，他们全是一个样子，而现在呢？我们看多了，才知道洋人和洋人大有差别，就算都是美国人，有的人也有本领一眼看出住纽约、旧金山和南方小城的不同。我们看去年的花和今年的花一样，是因为我们不是花，不曾去认识花，体察花，如果我们不是人，是花，我们会说：

“‘看啊，校园里每一年都有全新的新鲜人的面孔，可是我们花却一年老似一年了。’

“同样地，新疆歌谣里的小鸟虽一去不回，太阳和花其实也是一去不回的，太阳有知，太阳也要说：‘我们今天早晨升起来的时候，已经比昨天疲软苍老了，奇怪，人类却一代一代永远有年轻的面孔……’

“我们是人，所以感觉到人事的沧桑变化。其实，人世间何物没有生老病死？只因我们是人，说起话来就只能看到人的痛。你们猜，那句诗的作者如果是花，花会怎么写呢？”

“年年岁岁人相似，岁岁年年花不同。”他们齐声回答。

他们其实并不笨，不，他们甚至可以说很聪明，可是，刚才他们为什么全不懂呢？只因为年轻，只因为对宇宙间生命共有的枯荣代谢的悲伤有所不知啊！

五　高倍数显微镜

他是一个生物系的老教授，外国人，我认识他的时候他已经退休了。

“小时候，父亲是医生。他看病，我就站在他旁边，他说：‘孩子，你过来，这是哪一块骨头？’我就立刻说出名字来……”

我喜欢听老年人说自己幼小时候的事，人到老年还不能忘的记忆，大约有点像太湖底下捞起的石头，是洗净尘泥后的硬瘦剔透，上面附着一生岁月所冲积洗刷出的浪痕。

这人大概注定要当生物学家的。

“少年时候，喜欢看显微镜，因为那里面有一片神奇隐秘的世界，但是看到最细微的地方就看不清楚了。心里不免想，赶快做出高倍数的新式显微镜吧，让我看得更清楚，让我对细枝末节了解得更透彻。这样，我就会对生命的原质明白得更多，我的疑难就会消失……”

“后来呢？”

“后来，果然显微镜愈做愈好，我们能看清楚的东西愈来愈多，可是……”

“可是什么？”

“可是我并没有成为我自己所预期的‘更明白生命真相的人’，糟糕的是比以前更不明白了。以前的显微镜倍数不够，有些东西根本没发现，所以不知道那里隐藏了另一段秘密，但现在，我看得愈细，知道得愈多，愈不明白了。原来，在奥秘的后面还连着另一串奥秘……”

我看着他清癯渐消的颊和清灼明亮的眼睛，知道他是终于“认了”。半个世纪以前，那意气风发的少年以为只要一架高倍数的显微镜，生命的秘密便迎刃可解，什么使他敢生出那番狂想呢？只因为年轻吧？只因为年轻吧？而退休后，在校园的行道树下看花开花谢的他终于低眉而笑，以近乎耍赖的口气说：“没有办法啊。高倍数的显微镜也没有办法啊，在你想尽办法以为可以看到更多东西的时候，生命总还留下一段奥秘，是你想不通、猜不透的……”

六 浪 掷

开学的时候，我要他们把自己形容一下，因为我是他们的导师，想多知道他们一点。

大一的孩子，新从成功岭下来，从某一点上看来，也只像高四罢了。他们倒是很合作，一个一个把自己尽其所能地描述了一番。

等他们说完了，我忽然觉得惊讶得不可置信，他们中间照我来看分成两类，有一类说："我从前爱玩，不太用功，从现在起，我想要好好读点书。"另一类说："我从前就只知道读书，从现在起我要好好参加些社团，或者去郊游。"

奇怪的是，两者都有轻微的追悔和遗憾。

我于是想起一段三十多年前的旧事。那时流行一首电影插曲（大约是叫《渔光曲》吧），阿姨、舅舅都热心播唱。我虽小，听到"月儿弯弯照九州"觉得是可以同意的，却对其中另一句大为疑惑。

"舅舅，为什么要唱'小妹妹青春水里流（或"丢"？不记得了）'呢？"

"因为她是渔家女嘛，渔家女打鱼不能去上学，当然就浪费青春啦！"

我当时只知道自己心里立刻不服气起来，但因年纪太小，不会说理由，不知怎么吵，只好不说话，但心中那股不服倒也可怕，可

以埋藏三十多年。

等读中学听到“春色恼人”，又不死心地去问，春天这么好，为什么反而好到令人生恼。别人也答不上来，那讨厌的甚至眨眨狎邪的眼光，暗示春天给人的恼和“性”有关。但事情一定不是这样的，一定另有一个道理，那道理我隐约知道，却说不出来。

更大以后，读《浮士德》，那些埋藏许久的问句都汇拢过来，我隐隐知道那里有一番解释了。

年老的浮士德，坐对满屋子自己做了一生的学问，在典籍册页的阴影中，他乍瞥见窗外的四月，歌声传来，是庆祝复活节的喧哗队伍。那一刹那，他懊悔了，他觉得自己的一生都抛掷了，他以为只要再让他年轻一次，一切都会改观。中国元杂剧里老旦上场照例都要说一句“花有重开日，人无再少年”（说得淡然而确定，也不知看戏的人惊不惊动），而浮士德却以灵魂押注，换来第二度的少年以及因少年才“可能拥有的种种可能”。可怜的浮士德，学究天人，却不知道生命是一桩太好的东西，好到你无论选择什么方式度过，都像是一种浪费。

生命有如一枚神话世界里的珍珠，出于沙砾，归于沙砾，晶光莹润的只是中间这一段短短的幻象啊！然而，使我们颠之倒之、甘之苦之的不正是这短短的一段吗？珍珠和生命还有另一个类同之处，那就是你倾家荡产去买一粒珍珠是可以的，但反过来你要拿珍珠换衣换食却是荒谬的，就连镶成珠坠挂在美人胸前也是无奈的，无非使两者合作一场“慢动作的人老珠黄”罢了。珍珠只是它圆灿含彩的自己，你只能束手无策地看着它，你只能欢喜或喟然——因为你及时赶上了它出于沙砾且必然还原为沙砾之间的这一段灿然。

而浮士德不知道——或者执意不知道，他要的是另一次“可能”，像一个不知是由于技术不好或是运气不好的赌徒，总以为只要再让他玩一盘，他准能翻本。三十多年前想跟舅舅辩的一句话，我现在终于懂得该怎么说了，打鱼的女子如果算是浪掷青春的话，挑柴的女子岂不也是吗？读书的名义虽好听，而令人眼目为之昏吒，脊骨为之佝偻，还不该算是青春的虚掷吗？此外，一场刻骨的爱情就不算烟云过眼吗？一番功名利禄就不算滚滚尘埃吗？不是啊，青春太好，好到你无论怎么过都觉浪掷，回头一看，都要生悔。

“春色恼人”那句话现在也懂了，世上的事最不怕的应该就是“兵来有将可挡，水来以土能掩”，只要有对策就不怕对方出招。怕就怕在一个人正小小心心地和现实生活斗阵，打成平手之际，忽然阵外冒出一个叫宇宙大化的对手，他斜里杀出一记叫“春天”的绝招，身为人类的我们真是措手不及。对着排天倒海而来的桃红柳绿，对着蚀骨的花香、夺魂的阳光，生命的豪奢绝艳怎能不令我们张皇无措？当此之际，真是不做什么既要懊悔，做了什么也要懊悔。春色之叫人气恼跺脚，就是气在我们无招以对啊！

回头来想我导师班上的学生，聪明颖悟，却不免一半为自己的用功后悔，一半为自己的爱玩后悔——只因年轻啊，只因太年轻啊，

以为只要换一个方式，一切就扭转过来而无憾了。孩子们，不是啊，真的不是这样的！生命太完美，青春太完美，甚至连一场匆匆的春天都太完美，完美到像喜庆节日里一个孩子手上的气球，飞了会哭，破了会哭，就连一日日空瘪下去也是要令人哀哭的啊！

所以，年轻的孩子，连这么简单的道理你难道也看不出来吗？生命是一个大债主，我们怎么混都是他的积欠户。既然如此，干脆宽下心来，来个“债多不愁”的人吧！既然青春是一场“无论做什么都觉是浪掷”的憾意，何不反过来想想，那么，也几乎等于“无论诚恳地做了什么都不必言悔”，因为你或读书或玩，或作战，或打鱼，恰恰好就是另一个人叹气说他遗憾没做成的。

然而，是这样的吗？不是这样的吗？在生命的面前，我可以大发职业病做一个把别人都看作孩子的教师吗？抑或我仍然只是一个太年轻的蒙童，一个不信不服欲有所辩而又语焉不详的蒙童呢？

注：此教授名叫棣慕华 (1903—1989)，原籍美国，成长于江苏六合。后半生住宝岛，是一位基督教贵格会的牧师，也身兼台湾大学教授。对高山蕨类颇有研究，有些台湾高山植物以他的名字命名。

我有一个梦

楔　子

四月的植物园，一头走进去，但见群树汹涌而来，各绿其绿，我站在旧的图书馆前，心情有些迟疑。新荷已“破水而出”，这些童年期的小荷令人忽然懂得什么叫疼怜珍惜。

我迟疑，只因为我要去找刘白如先生谈自己的痴梦。有求于人，令我自觉羞惭不安，可是，现在是春天，一切的好事都应该可以有权利发生。

似乎是仗了好风好日的胆子，我于是走了进去，找到刘先生，把我的不平和愿望一五一十地说了。我说，我希望有人来盖一间国文教室——在这自认是中国的土地上——盖一间合乎美育原则的，像中国旧式书斋的教室。

我把话说得简单明了，所以只消几句就全说完了。

“构想很好，”刘先生说，“我来给你联络台中明道中学的汪校长。”

“明道是私立中学，”我有点担心，“这教室费财费力，明道未必承担得下来，我看还是去找教育部和教育厅来出面比较好。”

“这你就不懂了，还是私立学校单纯——汪校长自己就做得了主。如果案子交给公家，不知道要左开会右开会，开到什么时候。”

我同意了，当下又聊了些别的事，我即开车回家，从植物园到我家，大约十分钟车程。

走进家门，尚未坐下，电话铃已响，是汪校长打来的，刘先生已把我的想法都告诉他了。

“张教授，我们原则上就决定做了，过两天，我上台北，我们商量一下细节。”

我被这个电话吓了一跳，世上之人，有谁幸运似我，就算是暴君，也不能强迫别人十分钟以后立刻决定承担这么大一件事。

我心里涨满谢意。

两年以后，房子盖好了，题名为“国学讲坛”。

一开始，刘先生曾命我把口头的愿望写成具体的文字，可以方便宣传。我谨慎从命，于是写了这篇《我有一个梦》。

我有一个梦。

我不太敢轻易地把这梦说给人听，怕遭人耻笑——毕竟，在这个世界上敢于去梦想的人并不多。

让我把故事从许多年前说起：南台湾的小城，一个女中的校园。六月，成串的黄花沉甸甸地垂自阿勃拉花树。风过处，花雨成阵，松鼠在老树上飞奔如急箭，音乐教室里传来三角大钢琴的琤琮流泉……

啊！我要说的正是那间音乐教室！

我不是一个敏于音律的人，平生也不会唱几首歌，但我仍深爱音乐。这，应该说和那间音乐教室有关吧！

我仿佛仍记得那间教室：大幅的明亮的窗，古旧却完好的地板，好像是日据时期留下的大钢琴，黄昏时略显昏暗的幽微光线……我们在那里唱“苏连多岸美丽海洋”，我们在那里唱《阳关三叠》。

所谓学习音乐，应该不止是一本音乐课本、一个音乐老师。它岂不是也包括那个阵雨初霁的午后，那熏人欲醉的南风，那树梢悄悄的风声，那典雅的光可鉴人的大钢琴，那开向群树的格子窗……

近年来，我有机会参观一些耗资数百万或上千万元的自然科学实验室。明亮的灯光下，不锈钢的颜色闪烁着冷然且绝对的知性光芒。令人想起伽利略，想起牛顿，想起历史回廊上那些伟大耸动的名字。实验室已取代古人的孔庙，成为现代人知识的殿堂，人行至此都要低声下气，都要“文武百官，至此下马”。

人文方面的教学也有这样伟大的空间吗？有的。英文教室里，每人一副耳机，清楚的录音带发音会要你把每一节发音都校正清楚，电视画面上更有生动活泼的镜头，诱导你可以做个“字正腔圆”的

“英语人”。

每逢这个时候，我就暗自叹息，在我们这号称为中国的土地上，有没有哪一个教育行政人员，肯把为物理教室、化学教室或英语教室所花的钱匀出一部分用在中国语文教室里的？换句话说，我们可以来盖一间国学讲坛吗？

当然，你会问：“国学讲坛？什么叫国学讲坛？教中文哪需要什么讲坛？国学讲坛难道需要望远镜或显微镜吗？国文会需要光谱仪吗？中文教学不就只是一位戴老花眼镜的老先生凭一把沙喉老嗓就可以廉价解决的事吗？”

是的，我承认，曾经有位母亲，蹲在地上，凭一根树枝、一堆沙子，就这样，她教出了一位欧阳修来。只要有一公尺见方的地方，只要有一位热诚的教师和一个学生，就能完成一场成功的教学。

但是，现在是 20 世纪 90 年代了，我们在一夕之间已暴富，手上捧着钱茫茫然不知该做什么……为什么在这种时候，我们仍然要坚持阳春式的中文教学呢？

我有一个梦。（但称它为梦，我心里其实是委屈的啊！）

我梦想在这号称为中国的土地上，除了能为英文为生物为化学为太空科学设置实验室之外，也有人肯为国文设置一间讲坛。

我梦想有一位中文教师在教授“好鸟枝头亦朋友，落花水面皆文章”的时候，窗外有粉色羊蹄甲正落入春水的波面，苦楝树上也刚好传来鸟鸣。周围的环境恰如一个舞台布景板，处处笺注着白纸黑字的诗。

晚明时的吴从先有一段文字令人读之目醉神驰，他说：“斋欲深，槛欲曲，树欲疏，萝薜欲青垂；几席、阑干、窗窦，欲净滑如秋水；榻上欲有云烟气；墨池、笔床，欲时泛花香。读书得此护持，万卷尽生欢喜。琅嬛仙洞，不足羡矣。”

吴从先又谓：“读史宜映雪，以莹玄鉴。读子宜伴月，以寄远神……读《山海经》《水经》、丛书小史，宜倚疏花瘦竹，冷石寒苔，以收无垠之游，而约缥缈之论。读忠列传，宜吹笙鼓瑟以扬芳。读奸佞传，宜击剑捉酒以销愤。读‘骚’宜空山悲号，可以惊壑。读赋宜纵水狂呼，可以旋风……”

啊，不，这种梦太奢侈了！要一间平房，要房外的亭台楼阁、花草树木，要春风穿户、夏雨叩窗的野趣，还要空山幽壑，笙瑟溢耳。这种事，说出来——谁肯原谅你呢？

那么，退而求其次吧！只要一间书斋式的国学讲坛吧！要一间安静雅洁的书斋，有中国式的门和窗，有木质感觉良好的桌椅。你可以坐在其间，你可以第一次觉得做一个中国人也是件不错的事，也有其不错的感觉。

那些线装书——就是七十多年前差点遭一批激进分子丢到茅厕坑里去的那批——现在拿几本来放在桌上吧！让年轻人看看宋刻本的书有多么典雅娟秀，字字耐读。

教室的前方，不妨有“杏坛”两字，如果制成匾，则悬挂高墙，

如果制成碑，则立在地上。根据《金石索》的记录，在山东曲阜的圣庙前，有金代党怀英所书“杏坛”两字，碑高六尺（指汉制的六尺），宽三尺，字大一尺八寸。我没有去过曲阜，不知那碑如今尚在否？如果断碑尚存，则不妨拓回来重制，如果连断碑也不在了，则仍可根据《金石索》上的图样重刻回来。

唐人钱起的诗谓：“更怜童子宜春服，花里寻师到杏坛。”百年来，我们的先辈或肝脑涂地，或胼手胝足，或躲在防空洞里读其破本残卷，或就着油灯饿着肚子皓首穷经，但这一切是为了什么？岂不是为了让我们的下一代活得幸福光彩，让他们可以穿过美丽的花径，走到杏坛前去接受教化，去享受一个中国少年对中国文化理所当然的继承权。

教室里，沿着墙，有一排矮柜。柜子上，不妨放些下课时可以把玩的东西。一副竹子搁臂，凉凉的，上面刻着诗。一个仿制的古瓮，上面刻着元曲，让人惊讶古代平民喝酒之际也不忘诗趣。一把仿同治时代的茶壶，肚子上面刻着一圈二十个字：“落雪飞芳树，幽红雨淡霞，薄月迷香雾，流风舞艳花。”学生正玩着的时候，你可以告诉孩子们这是一首回文诗，全世界只有中国语言可以做的回文诗。而所谓回文诗，你可以从任何一个字念起，意思都通，而且都押韵。当然，如果教师有点语言学的知识，他可以告诉孩子汉语是孤立语（Isolating Language）跟英文所属的屈折语（Inflectional Language）不同。至于仿长沙马王堆的双耳漆器酒杯，由于是纱胎，摇起来里面还会响呢！这比电动玩具可好玩多了吧？酒杯上还有篆文——“君幸酒”三个字，可堪细细看去。如果找到好手，也可以用牛肩胛骨做一块仿古甲骨文。所谓学问，有时固然自苦读中得来，有时也不妨从玩耍中得来。

墙上也有一大片可利用的地方，拓一方汉墓石，如何？跟台北画价动辄十万相比，这些古物实在太便宜了，那些画像砖之浑朴大方，令人悠然神往。

如果今天该讲岳飞的《满江红》，何不托人到杭州岳王坟上拓一张岳飞真迹来呢！今天要介绍“月落乌啼霜满天”吗？寒山寺里还有俞樾那块诗碑啊！如果把康南海的那一幅比照来看，就更有意思，一则“古钟沦日史”的故事已呼之欲出。杜甫成都浣花溪的千古风情，或诸葛武侯祠的高风亮节，都可以在一幅幅挂轴上留下来。

你喜欢有一把古琴或古筝吗？有，也可以，没有，也可以。这种事不妨即兴。

你喜欢有一点檀香加茶香吗？有，也可以，没有，也可以。这种事只消随缘。

如果学生兴致好，他们可以在素净的钵子里养一盆素心兰。这样，他们会了解什么叫中国式的芬芳。

教室里不妨有点音响设备，让听惯麦当娜的耳朵，听一听什么叫笛？什么叫箫？什么叫“把乌”？什么叫筚篥……

你听过“鱼洗”吗？一只铜盆，里面刻镂着细致的鱼纹，你在

盆里注上大半盆水，然后把手微微打湿，放在铜盆的双耳上摩擦，水就像细致如丝的喷柱，激射而出。啊，世上竟有这么优雅的玩具。当然，如果你要用物理上的“共振”来解释它，也很好。如果你不解释，仅只让下了课的孩子去“好奇一下”，也就算够本。

如果有好端砚，就放一方在那里。你当然不必迷信这样做就能变化气质。但砚台也是可以玩、可以摸的，总比玩超人好吧？那细致的石头肌理具有大地的性格，那微凹的地方是时间自己的雕痕。

你要让年少的孩子去吃麦当劳？好吧，由你。你要让他们吃肯德基？好，请便。但，能不能，在他年少的时候，在小学，在中学，或者在大学，让他有机会坐在一间中国式的房子里，让他眼睛看到的是中国式的家具和摆设，让他手摸到的是中国式的器皿，让他——我这样祈祷应该不算过分吧——让他忽然对自己说：“啊！我是一个中国人！”

音乐有教室，因为它需要一个地方放钢琴。理化有教室，因为它需要一个空间放仪器。“国父思想”和“军训”各有教室，体育则花钱更多。那么，容不容许辟一间国学讲坛呢？这样的梦算不算妄想呢？如果我说，教语文也需要一间讲坛——那是因为我有一整个中国想放在里面啊！

我有一个梦！这是一个不忍告诉别人，又不忍不告诉别人的梦啊！

魂梦三则

天机欲泄

据说，蒙古人有个规矩，认为晨起不可说梦，但吃过早饭以后就可以了，大约认为一个人连早饭都不吃就开始说梦，多少有点没出息吧！

我家旧俗却不然，老一辈的人认为梦中每含天机，天机本是上天“绝对机密”的档案，有些人却身不由己在梦中偷偷洞悉了。因此，梦之可说与不可说，端视其内容凶吉而定。如果是吉祥美好的兆示，那么千万要保密，并且等着在现实世界中一步步欣见其成。如果是凶象，就必须赶快说出，则凶事自败。其所以然者，在于上天颇为小气，不喜天机泄露，你如泄露了，他便偏偏拂逆你，不让你说中。因此，好事被你说出，上天便不让你好事得成。同理，坏事若被说出，上天也就不肯降祸了。这有点像今人所说的“见光死”

的意味。

所以，我从小若遇美梦，则含藏自喜，有如女子口内秘密含着的情人送的一小片糖果，舍不得让别人知道。如遇噩梦，则委屈尽诉于人，丝毫不留。奇怪的是，年龄渐长，才知有些梦是不悲不喜、无凶无吉的，这才发现梦不是泄天机，梦是泄我自己的一己之机密啊！

我透过梦看自己，研究自己，像某些爱照镜子的少年。我以瞳仁观世界，瞳仁却不能自观，滔滔斯世，我认识最浅的不就是我自己吗？所以，有幸捡到一两个梦境，我总珍惜不已（因梦太滑溜，转瞬即忘），希望在那里面看到属于自己的一部分面目和心情，我因此喜欢记录梦境。

现实世界里的事物，你是可以经之营之的，但对于梦，你什么都不能插手，你只能记述。我喜欢作为一个纯记录者——我之于人生，不也如此吗？

搏　虎

它是一只嫩金色的老虎，身体柔和圆长，表情在冷漠狡狯中有其高贵绝艳。虽然在梦中，我也知道它是一只东方的老虎，而不是西方的狮子。

一只老虎，不知为什么，竟出现在市集上——市集则在梦里。

忽然之间，有人发现这头异类，于是鬼喊一声，大家纷纷狂走。那特别怯弱的，早已跑得不知去向，也有人大概吓昏了，跑虽也在跑，却跑来跑去，像遭鬼迷路似的，仍离不了老虎的前后左右。

那老虎一时之间却也好像还没有决定要干什么，只定定地用它冷冷的宝石似的眼睛四下逡巡（不是有一种宝石叫虎眼吗）。我不寒而栗了，我大概属于那种想跑而不知为什么却又没跑成的人。

也有一些人，站在远远的外围张望，不知为什么，居然形成了一堵残忍的人墙砌成的斗兽场。情势很清楚，我们陷在包围之中，命中注定要去对付一只老虎——一只美丽强壮且残忍的对手，我几乎已感到不战而败的悲哀。

事情却忽然出了变化，有人不知从哪里弄到枪，有人则不知从哪里弄到棒，看来我们必须死战一场。气氛立刻不同了，我虽手中一无所有，却也斗志昂扬，居然迎上身去左蹦右跳，心里想着扰乱它一下也好。有人瞅机会从前面放一枪，有人想办法从后面打一棒，那老虎却用睥睨而厌倦不屑的眼神望着我们，打在它身上的枪和棒，它竟浑然不知。

远远的人墙观看我们，把我们的生死攸关当作节目欣赏，他们有时尖叫、有时喝彩。我没有时间气他们，也没有力量恨他们，我们，一大群人在斗一只灿烂的、不知失败为何物的老虎。“啊——”忽然有人大吼一声，把棒子往地上一丢，转身就走了。我急起来，叫道：

“别走啊！千万别罢手！我们还没打赢呢！你为什么要走呢？”

“我——”他的表情不是悲伤，而是比悲伤更多一点的什么，“我只能告诉你，刚才我跳上去要打的时候，忽然对准了它的口腔，我往里一看，啊——我，我忽然决定不能打了——”

他的表情是深深的悲怆，仿佛一下子老了。

他正在向我解释的时候，陆续有别人弃枪曳棒地走开了。我心急如焚，迎上前去，大叫：“为什么？怎么回事？都不打了吗？”

他们的表情个个古怪，介于哭不哭、笑不笑之间。他们垂头丧气，有的一言不发而去，有的比较有耐心，却也只肯说一句跟刚才那人类似的话：“我们看见它张大了嘴，我们往嘴里一看，知道不能打了。真的，不能打了——没有意思。”

我不信邪，捡起别人不打的棒子，直奔老虎而去。天啊，它那样大、那样强壮，我如何是它的对手？

然后，和别人一样，我来到它的正对面。我举棒猛挥，棒子劈空而下的时候，我自然微微下蹲。忽然，我看见了，它血口大张，但从那口腔看进去，它腹内竟空无一物。呀，它原来只是一张皮包空气的玩具老虎，由于制作太精良，我们竟以为它是真的。

我的棒子停在半空，我和刚才那些人一样哭笑不得。荒谬剧其实比悲剧更为悲剧啊！

我感到全身冰凉，原来我们刚才所有的心绪和动作都是滑稽的胡闹。那些狂走者的悸怖、那些逃不了的人的慌张、那些贾勇而战的英雄气概、那些一击而中的惊喜或数击不中的恼怒、那些奔忙劳累、那些生命攸关以及那些自以为聪明的围观、那些幻想能打死猛虎的期待、那些数不尽的纷杂、无以名之的心情……一切的一切，原来都是一念的差误，此处根本无虎，有的只是一只像是老虎的“玩具老虎”。

这样的结局比之战败更不幸百倍！因为战败者毕竟还遭逢过一个强大的对手，而我们，这群市集上的英雄，却自顾自地和“空无”交锋，并且自以为战况剧烈。

醒来的时候，几乎还把梦中的力怯手软也带出梦外来了。微明的天光里，我在想，那老虎是什么呢？众人所嘶吼悸怖，穷力以征逐奋抗的竟是什么呢？是名誉？是学问？是财富？是爱情？抑或根本即是灼灼其表的生命的本身呢？

我们是一群在幻梦中，与幻觉中的金色猛虎相搏，并因其过程而惧而栗，而喜而泣，而狂而怒，而焦虑而骄傲而绝望的人。尤其不幸的，我们的智慧不高，不足以让我们事先直逼真相，并且我们的愚蠢又不够低，不能让我们终身受蒙蔽。

我想，这是我所做的最悲伤的一个梦了。

大　河

水极粹美，介于翡翠与水晶之间，用手臂拨剌一划，仿佛纵浪

大化，在有无之间出入悠游，绿是“有”，透明是“无”，沾臂成湿的是“有”，映日成彩的是“无”，直指天空的河道是“有”，淙淙如韵的声音是“无”。

我在水里游泳，我在水里，水在天里，天在我里。

那是一场梦，我后来才知道，我当时只惊讶世间何以会有如此干干净净、一清见底的水。那一阵子我学游泳，女儿教我一种“水母漂”，可以在水里浮沉摆荡。我喜欢那姿势的名字，仿佛自己真是一只圆圆的有如气泡的水母了。

在梦里，我是狭长的刀剑，划过晶面，在水和水之间拨出一条华丽的轨迹。我渐游渐远，渐渐忘记自己是人，仿佛只觉自己是水族，或者任何一种模糊的生命，我顺着河道慢慢行远了。

如果，那夜的我，沿着梦一直游，一直游，会不会竟而忘返呢？

但在梦中——不知由于幸运或是不幸——我却猛然回头，那一刹那，我才发现原来女儿也跟着我游来了。她没有说什么，我也没有说什么，和风惠日，草原夹岸，我忽然发现自己仍是人身，并且是一个母亲。

然后，我发现水面长着些翠蔓蔓的植物叶子，便只好和女儿低头在水下潜游，从水底往水面一看，晶艳的阳光照在水面的叶子上，叶子全然透明起来。这才发现，奇怪啊，那原来不是水生的荇藻，它是极为平常的番薯叶子。

我仍继续游，阳光仍继续照在水面晶亮的叶子上，女儿仍继续跟在我脚旁游，我便这样游回了人间。睁开眼，夏日清晨的阳光刚刚照在前廊。

我忽然知道自己为什么梦见番薯叶了，我当时正养了两只番薯，在长夏惊人的生机中，枝叶纠纠绊绊铺满了前廊。梦见直奔大涯的大河，却让河面上长着家中的植物，恐怕是一件矛盾可笑的事吧？梦见这样的梦，多少证明自己不够利落洒脱吧？但人生本来就是一场夹缠不清的大决绝和大留恋啊！

这是一个蒸热无比的夏日，在台北盆地，而我梦见一条清凉透明的河。

来自未来

拿起听筒，是个小男孩，大约五六岁吧，声音干净如钢，却又柔甜似蜜，感觉上是个长得结实憨厚的小孩。他说：

“喂！我找外婆！”

外婆？这个家里够资格做外婆的人只有婆母，而叫她外婆的那男孩已经二十岁了，何况婆母也于月前辞世。

愣了一秒钟，我说：“你打错了！”

小孩立刻乖巧地挂断电话。我有点后悔，应该多逗他讲几句话的，那么好听的小孩子的嫩嗓。何况他必然是个聪明的小孩，说起

话来稳重自信，有大将之风。他是谁呢？

于是，我站在电话机旁，发起呆来。我是清醒的，我没有做梦，但那感觉却比梦更像梦。我很想问什么人一句话——也许那孩子并没有打错？也许他真是婆母的外孙，这是他十几年前的一通电话，现在迟迟方至？也或许是他现在打的，是他童年的梦魂从成年的身体里游离而出，前来寻找他故去的外婆。

但是，这通电话其实明明可能就是打给我的啊！虽然女儿才十七岁，虽然也许要再等十几二十年后，我才会有一个五六岁的会打电话的小外孙，但也说不定这通电话就是那个孩子打来的啊！他从迢遥的未来打回来，打回现在，他想来探视他的外婆，在她的盛年，在她肌肤犹实，眼目仍清澈，行动如风的年代。

其实，刚才，我如果找些话来跟孩子聊聊，应该不难。例如“你外婆是谁”“你妈妈叫什么名字”“你上学了没有”等，可是那一刹那我大约了解了，如果我问出外婆的名字，一切便都点破了。世上最好的事原是不能说破的，孙悟空历经九九八十一难取得西天经书，便要害他在晒书时吹掉几页才好。至于这个声音洪亮又甜腻的孩子是不是像梅特林克剧本《青鸟》里那个十几年后才会诞生的孩子，我何必问得那么清楚呢？

然后，我有一种柔和幸福的感觉。我在屋子里走来走去，想着，并且忍不住就说出声来：

“知道吗？我接到了一通神秘的电话，来自未来，有一个小男孩和我说了一句话。”

家人也不搭理我的疯言疯语，我有一点点喜悦，因为独自拥有一桩经验，也有一点点悲伤，我是正在害怕若干年后儿女离去后空巢的悲伤吗？为什么我一直听到那甜甜的孩童的声音呢？

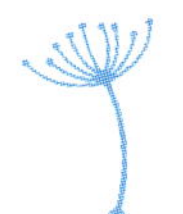

劫 后

那天早晨大概是被白云照醒的，我想。云影一片接一片地从窗前扬帆而过，带着秋阳的那份特殊的耀眼。

阳光是真的出现了，阳光差不多可以嗅得出来——在那么长久的风雨和阴晦之后。我没有带伞便走了出去，澄碧的天空值得信任。

琉公圳的水退了，两岸的垂柳仍沾惹着黯淡的黑泥，那一夜它们必然曾经浸在泥泞的大水中。还有那些草，不知它们那一夜曾以怎样的荏弱去抗拒怎样的坚强。我只知道——凭着今天的阳光我知道——有一天，柳丝仍将毵毵如金，芳草将仍萋萋胜碧，生命永不会被击倒。

有些孩子，赤着脚在退去的水中嬉玩，手里还捏着刚捉到的泥腥的小鱼。欢乐仍在，游戏仍在，贫困中自足的怡情仍在。

巷子里，巷子外，快活的工人爬在屋顶和墙头上。调水泥的声音，砌砖块的声音，钉木桩的声音，那么协调地响在发亮的秋风里。

受创的记忆忽然间变得很遥远，眼前只有音乐——这灾劫之后美丽的重建之声。于是便想起战争，想起使人类恐惧了很久却未出现的战争。忽然觉得并没有什么可怕，如果在那时只剩下一对男女，他们仍将削木为梳，裁叶为衣，并且举火为炊。生活的弦将永不辍断。

局促的瓦屋前，人人将团花的旧被撑在椅子上。微温的阳光下，那俗艳的花朵竟也出奇地动人。今夜，松香的软褥上，将升起许多安恬的梦。今夜将无风，今夜将无雨，今夜是可预料的甜蜜。

街头重新有了拥挤不堪的车辆和人群，车子停滞不前，大家都耐心地等着。灾劫之后，似乎人性变得和善了一些，也不十分在乎这几分钟的耽延了。交通车里，平常不交一言的同事也开始互相问询：

“府上还好吗？”

“还好，没有什么。”

“只进了一尺水。”

“我们家的水已经齐胸了。”

话题很愉快，余痛已不再写在脸上。每个人都高高兴兴地，像负了伤仍然自豪的战士，去努力于恢复旧有的秩序。似乎大家都发现能有一张餐桌可供食、有一张干燥的旧床可供憩息是多么美好幸福的事。

菜场里再度熙攘起来，提着篮子的主妇愉快地穿梭着，并且重新有了还价的兴致。我第一次发现满筐的鸡蛋看来竟那么圆润可爱。

那微赤带褐的洛岛红，那晶莹欲穿的来亨，都像是什么战争中赢来的珠宝，被放在显要的位置上炫耀它所代表的胜利——在十一级的风之后，在十二级的水之后。

隔楼的琴声在久久的沉寂后终于响起，那既不成熟又不动听的旋律却令人几乎垂泪。在灾变之后，我忽然关心起那弹琴的小女孩，想她必然也曾惊悸过，哭泣过。而此刻，她的琴声里重新响起稳定而幸福的感觉，像一阕安眠曲，平复了日间的忧伤。

简单的琴声里，我似乎渐渐能看见那些山石下的死者，那些波涛中的生者。一刹那间，他们仿佛都成了我的弟兄。我与那些素未谋面的受难者同受苦难，我与那些饥寒的人一同饥寒。有时候，我甚至能亲切地想到几万年前的古人，在那个落地玻璃被吹破，黑暗中榉木地板上流着雨水的夜里，我便那么确切地感到他们的战栗，以及他们的不屈。我第一次稍稍了解那些在矿灾之后、地震之余的手足。我第一次感到他们的眼泪在我的眼眶中流转，我第一次感到他们的悲哀在我的血管中翻腾。

于是，学会了为阳光感谢——因为阴晦并非不可能。学会了为平静而索味的日子感谢——因为风暴并非不可能。学会了为粗茶淡饭感谢——因为饥饿并非不可能。甚至学会了为一张狰狞的面目感谢——因为有一天，我们中间不知谁便要失去这十分脆弱的肉体。

并且，那么容易地便了解了每一件不如意的事，似乎原来都可以更不如意。而每一件平凡的事，都是出于一种意外的幸运。日光本来并不是我们所应得的。月光也未曾向我们索取过户税。还有那些焕然一天的星斗，那些灼热了四季的玫瑰，都没有服役于我们的义务。只因我们已习惯于它们的存在，竟至于习惯得不再激动，不再觉得活着是一种恩惠，不再存着感戴和敬畏。但在风雨之后，一切都被重新思索，这才忽然惊喜地发现，一年之中竟有那么多美好的日子——每一天，都是一个欢欣的感恩节。

有一天，当许多许多年之后，或许在一个多萤的夏夜，或许在一个炉火半温的冬天黄昏，我们会再提起艾尔西和芙劳西，会提起那交加的风灾雨劫，但我们会欢欣地复述，不以它为祸，只以它为一则奇妙耐听的老故事。

我们将淡忘那些损失，我们不复记忆那些恐惧。我们只将想到那停电的夜里，家人共围着一支小红烛的美好画面。我们将清晰地记起在四方风雨中，紧拥着一个哭泣的孩童，并且使他安然入睡的感觉，那时候，那孩子或许已是父亲。我们更将记得灾劫之后的阳光，那样好得无以复加地落在受难者的门楣上。

人体中的繁星和穹苍

生命最初的故事

夜空里，繁星如一春花事，腾腾烈烈，开到盛时，让人担心它简直自己都不知该如何去了结。繁星能数吗？它们的生死簿能一一核查清楚吗？

且不去说繁星和夜空，如果我们虔诚地反身自视，便会发现另一度宇宙，数以亿计的小光点溯流而上，奋力在深沉黑暗的穹苍中泅泳。然后，众星寂灭，剩下那唯一的，唯一着陆的光体。

——我其实是在说精子和卵子的结合过程。那是生命最初的故事，是一切音乐的序曲部分，是美酒未饮前的潋滟和期待，是饱墨的画笔要横走纵跃前的蓄势。

精子的探险之旅

如果说，人体本身的种种奇奥是一系列神话，则精子的探险旅行应视作神话的第一章。故事总是这样开始的：

有一次（Once upon a time），有一只小小的精子出发了，它的旅途并不孤单，和它结伴同行的探险家合起来有两三毫升（也有到五六毫升的），不要看不起这几毫升，每一毫升里的精子编制平均是两千万到六千万只（想想整个台湾还不到两千万人口呢），几毫升合起来便有上亿的数目了！这是一场机密的行军，所有的精子都安静如赴命的战士，只顾奋力泅泳，它们虽属于同一部队（它们的军种，略似海军陆战队吧），行军途中却没有指挥官，奇怪的是它们每一个都很清楚自己的任务——它们知道此行将要抢先攀登一块叫“卵子”的陆地。而且，这是一场不能回头的旅途。除了第一个着陆的英雄，其他精子唯一的命运就是死掉。“抱着万一成功的希望”，这句话对它们来说是太奢侈了，因为它们是“抱着亿一成功的希望”而全力以赴的。

考场、球场都有正常的竞争和淘汰，但竞争而淘汰的概率到达如此冷酷无情的程度，除了“精子之旅”以外，也很难在其他现象里找到了。

行行重行行，有些伙伴显然落后了，那超前的彼此互望一眼，

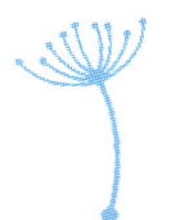

才发现大家在大同中原来还是有小异的，其中有一批是 X 兵种，另一批是 Y 兵种。Y 的体型比较灵便，性格也比较急躁，看来颇有奏凯的希望。但 X 稳重踏实，一种跑马拉松的战略，是不可轻敌的角色。这一番“抢渡”整个途程不过二十五厘米左右，相对小小的精子而言，却也等于玄奘取经横绝大漠的步步险阻了。这单纯的朝香客便不眠不休、不食不饮一路行去。

优胜劣败的筛选

世间女子，一生排卵的数目约五百,一个现代女人大概只容其中的一两个成孕，而每一枚成孕的卵子是在亿对一的优势选择后才大功告成的。这种豪华浪费的大手笔真令人吃惊——可是，经过这场剧烈的优胜劣败的筛选，人种才有今天这么优秀、这么稳定。虽说“上天有好生之德”，但在整个人种绵延的过程中却只见铁面无私的霹雳手段呢!

虽然，整个旅程比一只手掌长不了多少，但选手却需要跑上两三个小时或五六个小时，算起来也是累得死人的长跑了。因此，如果情况不理想，全军覆没的情形也不免发生。另外一种情况也很常见，那就是选手平安到达，但对方迟到了，于是精子必须等待，事实上精子从出发到守候往往要支持十几个小时。

好了，最勇壮的一位终于到达终点了，通常在终点线附近会剩下大约一百名选手。最后的冲刺当然是极为紧张的，但这胜利者得到什么呢，有鲜花、金牌在等它吗？有镁光灯等着为它做证吗？没有，这幸运而疲倦的英雄没有时间接受欢呼，它必须立刻部署打第二场战，它要把自己的头帽自动打开，放出一些分解酵素，而这酵素可以化开卵子的一角护膜。那卵子，曾于不久前自卵巢出发，并在此中途相待，等待来自另一世界的英雄，等待膜的化解，等待对方的舍身投入。

生命完成的感恩

这一刹那，应该是大地倾身、诸天动容的一刹那。

有没有人因精卵的神迹而肃然自重呢？原来一身之内亦如万古乾坤，原来一次射精亦如星辰纳于天轨，运行不息。

故事里的孙悟空，曾顽皮地把自己变作一座庙宇。事实上，世间果有神灵，神灵果愿容身于一座神圣的殿堂，则那座殿堂如果不坐落于你我的此身此体，还会是哪里呢？

（附：这样说吧，如果你行过街头，有人请你抽奖，如果你伸手入柜，如果柜中上亿票券只有一张是可以得奖，而你竟抽中了，你会怎样兴奋？何况奖额不是一百万、一千万元，而是整整一部“生命”！你曾为自己这样成胎的际遇而有过一丝一毫的感恩吗？）

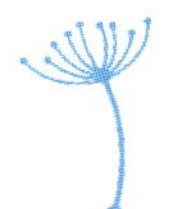

你不能要求简单的答案

年轻人啊，你问我说：

“你是怎样学会写作的？”

我说：

“你的问题不对，我还没有‘学会’写作，我仍然在‘学’写作。”

你让步了，说：

“好吧，请告诉我，你是怎么学写作的？”

这一次，你的问题没有错误，我的答案却仍然迟迟不知如何出手，并非我自秘不宣，但是，请想一想，如果你去问一位老兵：“请告诉我，你是如何学打仗的？”

——请相信我，你所能获得的答案绝对和“驾车十要”或“电脑入门”不同。有些事无法做简单的回答，一个老兵之所以成为老兵，故事很可能要从他十三岁那年和弟弟一起用门板扛着被日本人炸死的爹娘去埋葬开始，那里有其一生的悲愤郁结，有整个中国近代史的沉痛、伟大和荒谬。不，你不能要求简单的答案，你不能要一个老兵用明白扼要的字眼在你的问卷上做填充题。他不回答则已，如果回答，就必须连着他一生的故事。你必须同时知道他全身的伤疤，知道他的胃溃疡，知道他五十年来朝朝暮暮的豪情与酸楚……

年轻人啊，你真要问我跟写作有关的事吗？我要说的也是：除非，我不回答你，要回答，其实也不免要夹上一生啊（虽然一生并未过完）！一生的受苦和欢悦，一生的痴意和决绝忍情，一生的有所得和有所舍。写作这件事无从简单回答，你等于要求我向你述说一生。

两岁半，年轻的五姨教我唱歌。唱着唱着，我就哭了。那歌词是这样的：

“小白菜呀，地里黄呀，三岁两岁，没有娘呀……生个弟弟，比我强呀，弟弟吃面，我喝汤呀……”

我平日少哭，一哭不免惊动妈妈，五姨也慌了。两人追问之下，我哽咽地说出原因：“好可怜啊，那小白菜，晚娘只给他喝汤，喝汤怎么能喝饱呢？”

这事后来成为家族笑话，常常被母亲拿来复述。我当日大概因为小，对孤儿处境不甚了然，同情的重点全在“弟弟吃面，她喝汤”的层面上，但就这一点，后来我细想之下，才发现已是“写作人”

的根本。人人岂能皆成孤儿而后写孤儿？听孤儿的故事，便放声而哭的孩子，也许是比较可以执笔的吧。我当日尚无弟妹，在家中骄宠恣纵，就算逃难，也绝对不肯坐入挑筐。挑筐因一位挑夫可挑前后两箩筐，所以比较便宜。千山迢递，我却只肯坐两人合抬的轿子，也算是一个不乖的小孩了。日后没有变坏，大概全靠那点善于与人认同的性格。所谓“常抱心头一点春，须知世上苦人多”的心情，恐怕是比学问、见解更为重要的，人之所以为人的本源。当然，它也同时是写作的本源。

七岁，到了柳州，便在那里读小学三年级。读了些什么，一概忘了，只记得那是一座多山多水的城，好吃的柚子堆在桥的两侧卖。桥在河上，河在美丽的土地上。整个逃离的途程竟像一场旅行。听爸爸一面算计，一面说：“你已经走了大半个中国啦，从前的人，一生一世也走不了这许多路的。”小小年纪当时心中也不免陡生豪情侠意。火车在山间蜿蜒，血红的山踯躅开得满眼，小站上有人用小沙瓯焖了香肠饭在卖，好吃得令人一世难忘。整个中国的大苦难我并不了然，知道的只是火车穿花而行，轮船破碧疾走，一路懵懵懂懂南行到广州，仿佛也只为到水畔去看珠江大桥，到中山公园去看大象和成天降下祥云千朵的木棉树……

那一番大播迁有多少生离死别，我却因幼小只见山河的壮阔，千里万里的异风异俗，某一夜的山月，某一春的桃林，某一女孩的歌声，某一城垛的黄昏，大人在忧思中不及一见的景致，我却一一铭记在心，乃至一饭一蔬一果，竟也多半不忘。古老民间传说中的天机，每每为童子见到，大约就是因为大人易为思虑所蔽。我当日因为浑然无知，反而直窥入山水的一片清机。山水至今仍是那一砚浓色的墨汁，常容我的笔有所汲饮。

小学三年级，写日记是一件很痛苦的回忆。用毛笔，握紧了写（因为母亲常绕到我背后偷抽毛笔，如果被抽走了，就算握笔不牢，不合格），七岁的我，哪有什么可写的情节，只好对着墨盒把自己的日子从早到晚一遍遍地再想过。其实，等我长大，真的执笔为文，才发现所写的散文，基本上也类乎日记。也许不是“日记”而是“生记”，是一生的记录。一般的人，只有幸“活一生”，而创作的人，却能“活二生”：第一度的生活是生活本身；第二度则是运用思想再追回它一遍，强迫它复现一遍。萎谢的花不能再艳，磨成粉的石头不能重坚，写作者却能像呼唤亡魂一般把既往的生命唤回，让它有第二次的演出机缘。人类创造文学，想来，目的也即在此吧？我觉得写作是一种无限丰盈的事业，仿佛别人的卷筒里填塞的是一份冰激凌，而我的，是双份，是假日里买一送一的双份冰激凌，丰盈满溢。

也许应该感谢小学老师的，当时为了写日记把日子一寸寸回想再回想的习惯，帮助我有一个内省的、深思的人生。而常常偷偷来抽笔的母亲，也教会我一件事：不握笔则已，要握，就紧紧地握住，对每一个字负责。

八岁以后，日子变得诡异起来，外婆猝死于心脏病。她一向疼我，但我想起她来却只记得她拿一根筷子、一片制钱，用棉花自己捻线来用。外婆从小出身富贵之家，却勤俭得像没隔宿之粮的人。其实五岁那年，我已初识死亡，一向带我的用人因肺炎而死，不知是几“七”，家门口铺上炉灰，等着看他的亡魂回不回来，铺炉灰是为了检查他的脚印。我至今几乎还能记起当时的惧怖，以及午夜时分一声声凄厉的狗号。外婆的死，再一次把死亡的剧痛和荒谬呈现给我，我们折着金箔，把它吹成元宝的样子，火光中，我不明白一个人为什么可以如此彻底消失了？葬礼的场面奇异诡秘，“死亡”一直是令我恐惧乱怖的主题——我不知该如何面对它。我想，如果没有意识到死亡，人类不会有文学和艺术。我所说的“死亡”，其实是广义的，如即聚即散的白云，旋开旋灭的浪花，一张年头鲜艳年尾破败的年画，或是一支心爱的自来水笔，终成破敝。

文学对我而言，一直是那个挽回的“手势”。果真能挽回吗？大概不能吧？但至少那是个依恋的手势，强烈的手势，照中国人的说法，则是个天地鬼神亦不免为之愀然色变的手势。

读五年级的时候，有个陈老师很奇怪地要我们几个同学来组织一个“绿野”文艺社。我说“奇怪”，是因为他不知是有意或无意的，竟然丝毫不拿我们当小孩子看待。他要我们编月刊；要我们在运动会里做记者并印发快报；他要我们写朗诵诗，并且上台表演；

他要我们写剧本，而且自导自演。我们在校运会中挂着记者条子跑来跑去的时候，全然忘了自己是个孩子，满以为自己真是个记者了，现在回头去看才觉好笑。我如今也教书，很不容易把学生看作成人，当初陈老师真了不起，他给我们的虽然只是信任而不是赞美，但也够了。我仍记得白底红字的油印刊物印出来之后，我们去一一分派的喜悦。

我间接认识了一个名叫安娜的女孩，据说她也爱诗。她要过生日的时候，我打算送她一本《徐志摩诗集》。那一年我初三，零用钱是没有的，钱的来源必须靠“意外”，要买一本十元左右的书因而是件大事。于是，我盘算又盘算，决定一物两用。我打算早一个月买来，小心地读，读完了，还可以完好如新地送给她。不料一读之后就舍不得了，而霸占礼物也说不过去，想来想去，只好动手来抄，把喜欢的诗抄下来。这种事，古人常做，复印机发明以后就渐成绝响了。但不可解的是，抄完诗集以后的我整个和抄书以前的我不一样了。把书送掉的时候，我竟然觉得送出去的只是形体，一切的精华早为我所吸取，这以后我欲罢不能地抄起书来，例如：向老师借来的冰心的《寄小读者》，或者其他散文、诗、小说，都小心地抄在活页纸上。感谢贫穷，感谢匮乏，使我懂得珍惜，我至今仍深信最好的文学资源是来自双目也来自腕底。古代僧人每每刺血抄经，刺血也许不必，但一字一句抄写的经验却是不应该被取代的享受。仿佛玩玉的人，光看玉是不够的，还

要放在手上抚触，行家叫“盘玉”。中国文字也充满触觉性，必须一个个放在纸上重新描摹——如果可能，加上吟哦会更好，它的听觉和视觉会一时复苏起来，活力弥弥。当此之际，文字如果写的是花，则枝枝叶叶芬芳可攀；如果写的是骏马，则嘶声在耳，鞍辔光鲜，真可一跃而去。我的少年时代没有电视，没有电动玩具，但我反而因此可以看见希腊神话中赛克公主的绝世美貌，黄河冰川上的千古诗魂……

读我能借到的一切书，买我能买到的一切书，抄录我能抄录的一切片段。

刘邦、项羽看见秦始皇出游，便跃跃然有“我也能当皇帝”的念头，我只是在看到一篇好诗好文的时候有“让我也试一下”的冲动。这样一来，只有对不起国文老师了。每每放了学，我穿过密生的大树，时而停下来看一眼枝丫间乱跳的松鼠，一直跑到“国文”老师的宿舍，递上一首新诗或一阕词，然后怀着等待开奖的心情，第二天再去老师那里听讲评。我平生颇有“老师缘”，回想起来皆非我善于撒娇或逢迎，而在于我老是“找老师的麻烦”。我一向是个麻烦特多的孩子，人家两堂作文课写一篇五百字“双十节感言”交差了事，我却抱着本子从上课写到下课，写到放学，写到回家，写到天亮，把一个本子全写完了，写出一篇小说来。老师虽一再被我烦得要死，却也对我终生不忘了。少年之可贵，大约便在于胆敢理直气壮地去麻烦师长，即便有老天爷坐在对面，我也敢连问七八个疑难（经此一番折腾，想来，老天爷也忘不了我），为文之道其实也就是为人之道吧？能坦然求索的人必有所获，那种渴切直言的探求，任谁都要稍稍感动让步的吧？

你在信上问我，老是投稿，而又老是遭人退稿，心都灰了，怎么办？

你知道我想怎样回答你吗？如果此刻你站在我面前，如果你真肯接受，我最诚实、最直接的回答便是一阵仰天大笑：

“啊！哈——哈——哈——哈——哈！……”

笑什么呢？其实我可以找到不少“现成话”来塞给你做标准答案，诸如“勿气馁”啦、“不懈志”啦、“再接再厉”啦、“失败为成功之母”啦，可是，那不是我想讲的。我想讲的，其实就只是一阵狂笑！

一阵狂笑是笑什么呢？笑你的问题离奇荒谬。

投稿，就该投中吗？天下哪有如此好事？买奖券的人不敢抱怨自己不中，求婚被拒绝的人也不会到处张扬，开工设厂的人也都事先心里有数，这行业是“可能赔也可能赚”的。为什么只有年轻的投稿人理直气壮地要求自己的作品成为铅字？人生的苦难千重，严重得要命的情况也不知要遇上多少次。生意场上、实验室里、外交场合，安详的表面下潜伏着长年的生死之争。每一类的成功者都有其身经百劫的疤痕，而年轻的你却为一篇退稿陷入低潮？

记得大一那年，由于没有钱寄稿（虽然，稿件视同印刷品，可以半价——唉，邮局真够意思，没发表的稿子他们也视同印刷品呢！——可惜我当时连这半价邮费也付不出啊！），于是每天亲自送稿，每天把一番心血交给门口警卫以后便很不好意思地悄悄走开——我说每天，并没有记错，因为少年的心易感，无一事无一物不可记录成文，每天一篇毫不困难。胡适当年责备少年人“无病呻吟”，其实少年在呻吟时未必无病，只因生命资历浅，不知如何把话删削到只剩下“深刻”，遭人退稿也是活该。我每天送稿，因此每天也就可以很准确地收到两天前的退稿，日子竟过得非常有规律起来，投稿和退稿对我而言就像有“动脉”就有“静脉”一般，是合乎自然定律的事情。

那一阵投稿我一无所获——其实，不是这样的，我大有斩获，我学会用无所谓的心情接受退稿。那真是“纯写稿”，连发表不发表也不放在心上。

如果看到几篇稿子回航就令你沮丧消沉——年轻人，请听我张狂的大笑吧！一个怕退稿的人可怎么去面对冲锋陷阵的人生呢？退稿的灾难只是一滴水、一粒尘的灾难，人生的灾难才叫排山倒海呢，碰到退稿也要沮丧——快别笑死人了。所以说，对我而言，你问我的问题不算“问题”，只算“笑话”，投稿投不中有什么大不了！如果你连这不算事情的事也发愁，你这一生岂不愁死？

传统中文系的教育很多人视之为写作的毒药，奇怪的是对我而言，它却给了我一些更坚实的基础。文字训诂之学，如果你肯去了解它，其间自有不能不令人动容的中国美学，声韵学亦然。知识本身虽未必有感性，但那份枯索严肃亦如冬日，繁华落尽处自有无限生机。和一些有成就的学者相比，我读的书不算多，但我自信每读一书于我皆有增益。读《论语》，于是我竟有不胜低回之致；读史书，更觉页页行行都该标上惊叹号。世上既无一本书能教人完全学会写作，也无一本书完全于写作无益。就连看一本滥书，也令我恍然自惕，为文万不可如此骄矜昏昧，不知所云。

有一天，在别人的车尾上看到“独身贵族”四个大字，当下失笑，很想在自己车尾上也标上“已婚平民”四个字。其实，人一结婚，便已堕入平民阶级，一旦生子，几乎成了“贱民”，生活中种种烦琐吃力处，只好一肩担了。平民是难有闲暇的，我因而不能有充裕的写作时间，但我也因而了解升斗小民在庸庸碌碌、乏善可陈生活背后的尊严，我因怀胎和乳养的过程，而能确实怀有“彼亦人子也”的认同态度，我甚至很自然地用一种霸道的母性心情去关爱我们的环境和大地。我人格的成熟是由于我当了母亲，我的写作如果日有臻进，也是基于同样的缘故。

你看，你只问了我一个简单的问题，而我，却为你讲了我的半生。文章千古事，得失寸心知，记得旅行印度的时候，看到有些小女孩在编丝质地毯，解释者说：必须从幼年就学起，这时她们的指头细柔，可以打最细最精致的结，有些毯子要花掉一个女孩一生的

时间呢！文学的编织也是如此一生一世吧？这世上没有什么不是一生一世的，要做英雄、要做学者、要做诗人、要做情人，所要付出的代价不多不少，只是一生一世，只是生死以之。

我，回答了你的问题吗？

其实，你跟我都是借道前行的过路人

那天放假，是端午节的假。从前，端午节是不放假的，原因不详。似乎是，从民国开始，新派的当权人士就对农历节庆有点仇视。但挨挨蹭蹭混了七十多年，发现老百姓还是爱过老节，终于投了降，把清明、端午、中秋的假一一照放。想来，说不定，有一天连阴历的花朝日或重阳节都放假也未可知。

那一天，因为是第一次得到一个新鲜的端午假日，十分兴奋，于是全家出发，驾上车，浩浩荡荡地赴大屯山去赏蝶，以为庆贺。奇怪的是，事近十年，现在回想起来，那蝴蝶漂亮的青翅倒不算印象深刻，使我惊愕难忘的倒是另一番景象。

蝴蝶并非不美丽，但它的美对我而言是“意料中事”，并无意外可言。我在导游手册上找到“蝴蝶廊”的名字，就“按图索蝶”前往大屯山一探，果真找到了它们。

但另外的那番景象却是我“碰”上的，导游手册里完全没提到。

那天，我从阳投公路左转，往大屯山主峰的方向开去，蝴蝶廊便在大屯山主峰上。天气晴和，它们三三两两在阳光下舒翅，它们的翅膀有如青天一角，又如土耳其蓝玉。看完蝴蝶，我继续前往于右任墓，忽然，毫无防备，它，出现在车前。

它显然极度惊惶，它是一条碧绿色的小蛇。蛇虽然也有嘴、脸、眼睛，但蛇的表情大约是我们人类读不懂的吧？只是它急恐窜逃的样子我看得懂，它的肢体在痉挛中飞迅蠕动，把那翡翠一般优雅的皮色舞成一片模糊晃动的碎琉璃。

我在它横越马路的地方轻轻刹车，距它大约四米，我停在那里对它说："不要怕，我让你，你是行人，你先过。"

窄窄的山路，对它竟是天险难渡。不知是不是因为柏油路面不利于它的蠕动，它看来张皇失措。

"对不起，吓到你了，你的名字是不是叫小青？今天是端午节，你知不知道，今天这日子跟你们蛇族的故事有关呢！"

它战栗，这是它生死攸关、存亡续绝的时刻。

"不要这样，这条路又不是我的，我们两个都只不过是偶然借道前行的过路人罢了！你好好走嘛！这座山与其说属于我的祖先，不如说是属于你的祖先。我打扰了你们的领域，我说道歉都来不及，你又何必吓成这样呢？"

小蛇窜入草丛，转瞬消失。

事情过了快十年了，它那抖动如飞鞭的身形，它那痛苦扭折的S

形常在我眼前晃动，我为自己和人类文明加诸它的苦楚而深感苦楚。

不知它如今还活着吗？曾经，某年某月某日某时，我与它，两个同被初夏阳光蛊惑而思有所动的生物，一起借道而行，行经光影灿烂的山路。它是那样碧莹美丽，我不能忘记。